JN011914

旅の人、島の人

俵万智

増補版

旅の人、島の人

目次

私、運転できません

ちゅうくらいの言葉

装幀・装画　和田誠

私、運転できません

沖縄へ

二〇一一年の三月中旬、余震と原発が落ち着くまでと思い、小学生の息子と二人で避難をした。仙台から陸路で山形へ。山形から空路で羽田、乗り継いで那覇まで行った。宿も当日探したほどで、沖縄に特にあてがあったわけではない。ただ、なるべく西のほうがいいかなという思いと、たまたま空席があったという幸運のおかげだ。その時はまさか、そのまま住みついてしまうとは、思ってもみなかった。

那覇のホテルで二週間過ごしたものの、状況はいっこうによくならない。狭い部屋で震災のニュースばかり見ていたら、息子に、指しゃぶりや赤ちゃんがえりのような症状が出はじめた。カードで支払いをしていたら、とうとう上限がきて、それも使えないという始末。さてどうしようかと思ったとき、ふと思い出した。

そういえば古い友人が、夫婦で石垣島に引っ越したとか言ってたっけ。石垣島って沖縄だよなあ。「海の見える部屋に、泊まりにいらしてね」って、たぶん社交辞令ではあろうが、そんなこともメールには書いてあった。よし、彼女のところへ行ってみよう。

さっそく連絡してみると、「そういうことなら、早くいらっしゃい」と快い返事。親子で居候させてもらうことになった。「げっ、那覇から飛行機で一時間もかかるんだ」。機内で日本地図を見たとき、その島の遠さと小ささに、衝撃を受けたことを覚えている。

島は、豊かな自然にあふれていた。南国の深くて濃い緑。透きとおる海。そして島に蝶に、得体の知れない虫の数々。海でのモズク採りに息子は夢中になった。その足元にはサンゴ礁や熱帯魚。ほんとうに「青いサンゴ礁」ってあるんだと驚き、思わず私は歌ってしまった。発光ダイオードみたいな色をしている。

友人夫婦に子どもはいないが、近所の子どもたちが、これといった用事もなく出入りしている。その様が、平成生まれの息子には珍しく、昭和生まれの私には懐かしかった。

浜辺で出会った男の子と、鬼ごっこをはじめる息子。砂をかけあって、気がつけば取っ組み合い。それでもまた、けろりとして遊びはじめる。いいな、いいな、こういう感じ。

三日ほどで、息子はみるみる生気を取り戻し、表情が別人のようになった。友人夫婦もそれは感じたようで「はじめは、都会の青白い子が来たっていう印象だったけど、やっぱり子どもは子どもだね」とニコニコ顔。

これは、「あり」だ、と私は思った。いま手帳を見返すと、島に来て五日目にはマンションの契約をして、翌週には私だけが仙台にもどり、荷物をまとめ、転校の手続きをしている。我ながらスピーディな展開だが、それだけ島の時間が濃密だったのだろう。息子の劇的な変化が、私の背中を押した。

こんな出たとこ勝負な生き方ができるのも、文筆業という場所を選ばない仕事や友人に恵まれているからで、母子家庭であることも、今回に関してはプラスに働いたように思う。息子と私が話し合うだけなので、気持ちが決まれば早かった。


孟母(もうぼ)にはあらねど我は三遷し西の果てなるこの島に住む

モズク採り

石垣島に来て、息子と私が、まず夢中になったのはモズク採りだった。居候させてもらった友人夫婦の家から、車で数分のところに静かな入り江があって、そのあたりがモズクスポットになっている。

はじめは目が慣れないのだが、しばらくすると、他の海藻とは違うモズクの姿を、容易に見分けられるようになる。あっ、こっちにも！　おっ、そっちにも！

岩にくっついているのや、他の海藻と絡まっているのは扱いにくい。モズクが単体で群れるように生えているところを探すと効率的だ。息子はそれを「モズクの森」と呼んだ。「おかあさーん、早く来て！　モズクの森はっけんしたよ！」と叫ぶ顔は、明るい春の日差しの中で輝いていた。

根元から、ぷちぷちとちぎり、ざるに入れてゆく。海水で洗って、そのまま口に放りこめば、潮の味が胸いっぱいに広がってゆく。

何かを無心に採ることが、こんなに面白いなんて。私にとっても、新鮮な体験だった。夜のおかずにしようという下ごころはもちろんあるのだが、探す、見つける、採る、探す、見つける、採る……を、ひたすら繰り返していると、たまらなく楽しくなってくる。なんでこんな単純作業がと思うのだが、気がつくと止められなくなっている。潮が満ちてきて、もうそろそろ引き上げなくてはという状態になっても、浜辺へ戻る途中、またモズクの森を見つけては何度も屈みこんでしまった。

秋になると、キノコ狩りに夢中になって道に迷ったというようなニュースをよく耳にする。今までは、なぜそこまでして大の大人がキノコを、と思っていたが、こういう気分なんだろうなと、しみじみ共感する。

潮満ちて終了となるモズク採りすなわちこれを潮時という

しおどき、という言葉を、これまで何十回つかってきたかわからないけれど、モズク採りはその語源を体感するものでもあった。そうか、これがまさに潮時だ。まだまだ採りたいけれどいい加減にしなくては、と思う。

友人の家へもどり、その夜はモズクづくし。酢の物はもちろん、味噌汁、天ぷらも実に美味しい。もともと海藻が大好きな息子は「食べものが自分でとれるなんて、すごいね」と言いながら、もりもり食べていた。後日、思い出を作文に書いていたが、その中にこんな文章がある。

「ぼくは、スーパーにしかたべものはないと思っていたけど、海にもたべものがあることをしりました。今までの海はあそぶ海だったけど、ここの海は、とる海です。」

順序からいえば、海でとったものがスーパーに並ぶわけだが、都会育ちの子どもには驚きだったようだ。これまで海には何回も行っているが、それは眺めたり砂遊びをしたり泳いだりする海だった。「とる海」とは、やや強引な表現だが、それがまさに実感だったのだろうなと思う。

そして作文は、次のようにしめくくられていた。

「はじめはひなんだったけど、この島がすきになったので、すむことにしました。らい年の春にはアーサーとりをしてみたいです。」

アーサーは、あおさ（ヒトエグサ）のことで、モズクより一足早くお目見えする。私たちが訪れたころには収穫期はすでに終わっていた。次の春が、待ち遠しい。

昆虫客

とにかく訳のわからない虫が多い！　というのが、石垣島の第一印象だった。もともと虫が大の苦手で、キャベツに青虫がいたら、その葉っぱごと捨ててしまうようなことをしていた。嫌いというより、恐くて触れないのだ。

そんな私を救ってくれた魔法の言葉がある。契約したマンションの説明書きに「大勢の昆虫客もみえますが、そこは一つ心おおらかに」といったことが書かれていたのだ。

「昆虫客」という表現に、釘付けになった。なんか可愛い。親しみが持てる。虫にとってみれば、ちょっと出没したくらいでギャーギャー騒ぎ、殺虫剤を噴霧してくる観光客のほうこそ迷惑な存在かもしれない……そんなふうに思えてくる。

言葉とは不思議なもので、部屋で虫を見つけたときに「お、昆虫客！」と思うだけで、気持ちが荒(すさ)まない。キミたちも縁あって、この部屋に来たんだよねと、共感さえするようになった。

きょっきょっきょっきょっきょっきょっと、はじめは鳥が家のなかに入ってきたかと思うほど迫力のある鳴き声を聞かせてくれたのは、ヤモリだった。虫が苦手な私が、爬虫類が平気なはずがない。「昆虫客、昆虫客……」と唱えつつ(昆虫ではないけれど)、おっかなびっくり様子をうかがう日々が続いた。

息子によると「ヤモリは、虫を食べるんだから、いてくれたほうがいいんだよ」。なるほど。ヤモリは家守でもあるのか。頻繁に現れるので、だいぶ慣れてきたころ、よく見ると目が可愛いということに気づいた。黒目がちで、つぶらな瞳をしている。「ねえねえ、ヤモリって、目がチャーミングじゃない?」と息子に言うと「うん。でも、天井にいるのは、あんまり見ないほうがいいよ。おしっこが目に入るとヤバイんだって」

そういう知識は、友だちから仕入れるらしい。石垣島に来て、息子はずいぶん生き物に詳しくなった。

イワサキクサゼミという日本最小の蝉で、子どもたちは遊ぶ。一見するとハエかと思うほどの小ささで、そいつを地面にたたきつけて気絶させ、ブローチのように胸につけたりしている。正気にもどると、蝉は元気よく飛び立ってゆく。たたきつけるときの力加減が、けっこう難しいそうだ。息子は夢中になって、何度も試みていた。

そういう姿を見ながら、「虫の島」も悪くないんじゃない？　虫、可愛いかも、などと呑気に思いはじめた矢先、部屋で痛い目にあってしまった。

網戸の隙間から大量の虫が入ってしまい、これは仕方ないと殺虫剤をスプレーしたのだが、その中の一匹が猛然と手の甲に噛みついてきた。イタタタと腕を振るも、ぐっと管のようなものを刺し入れ、ちゅーっと何かを注入してくる。まさに注射のときの感覚だ。それが猛烈に痛い。

はっきりと虫の敵意を感じた。いや、悪意といってもいい。明らかにヤツは怒っていて、「なにすんだ、コノヤロ！」と、私に仕返しをしてきたのだ。虫にも意思がある……ちょっと感動しそうになったが、手の痛みが半端でない。みるみるうちに腫れあがり、翌日にはそれが腕から肩にまで広がった。皮膚科に駆け込んでことなきを得たが、いやはや恐ろしい。やっぱり、可愛くない昆虫もいる。

生き物がいっぱい

去年の十二月、近所に住む友人から、夕飯の誘いがあった。「ちょっと珍しいものをいただいたので、一緒に食べましょう」。

喜んで出かけていくと、ふるまわれたのはイノシシの肉だった。味噌仕立ての汁になったイノシシは、かなりクセがあって野趣あふれる風味。どういう経緯で、この肉がここにあるのかを聞く。

「実は、側溝で死んでいたんですって。それをKさんが見つけて、一晩かけてさばいたのを、おすそわけしてもらったというワケ。みんなで、神様からのクリスマスプレゼントだねって盛り上がったのよ」

こともなげに言うが、側溝にイノシシが死んでいるって、石垣島では珍しくないことなのだろうか。そして、見つけた人がさばいてしまうというのも、すごい。

「外傷も、鉄砲で撃たれた跡もないから、たぶん脳卒中とかそういうんじゃないかなあ。それとも心臓マヒとか？　冬場の動物には、案外あるのよねえ」

友人の関心は、死因に集中していたが、私にとっては、イノシシそのものが衝撃だった。

ナオーン、ナオーンと、ずいぶん威勢のいい猫が鳴いているぞと思ったら、野良のクジャクだったことがあり、これにもびっくりさせられた。どこかの観光施設で飼っていたのが逃げ出して、けっこうたくさん繁殖しているのだという。

「あんまり増えてもねえ。クジャクって肉はまずいし、生態系が乱れるんじゃないかって心配もされているのよ」

友人が、さりげなく、クジャクの肉の味について発言をするので「えっ、食べたの？」と、どきどきして聞くと「私じゃないけどね。トライした人がいて、今ひとつですって。でも、卵は、まあまあだったらしいわよ」。

クジャクといえば、動物園の鳥類エリアでは花形で、羽を広げてくれると、とてもラッキーな気持ちになったものだ。それが野良で歩いている……。これもまた、「側溝にイノシシ」に匹敵するワイルドな光景だ。

「食べてみて」と、私もおすそわけされたことがあるのは、ガザミと呼ばれる二十センチほどのカニ。「身は少ないけど、いいダシが出るから味噌汁にどうぞ」と言われたのだが、はて、どうしたらいいのだろう。

まずは、洗うことからはじめようと、生きたまま風呂場へ連れていき、おっかなびっくりシャワーをかけた。すると、バタバタともがき、なにやら白い泡を吹きはじめるではないか。

「なに？なに？こわすぎる！」と、くれた人に電話をしたのだが、「泡を吹くと身がやせるからよくないねえ。それに、なんで風呂場？　台所で洗いなさいよ」と笑われてしまった。

釜茹での刑を実行するような気持ちで、足をうねうね動かすカニを、沸騰した湯のなかに投入。味噌汁の味は、なかなかのものだったが、完成するまでにへとへとになったことを思い出す。

イノシシ、クジャク、カニ……石垣島にいると、生き物との距離が近いなあと感じることが多い。しかも、どこかで食とつながっている。かつては、虫さえ見かけることのない東京の高層マンションに住んでいた。いちいち驚いている自分は、まだそちらの感覚に近いのだろう。

泡盛天国

ワインは旅をしないと言われるが、どんなお酒も、旅をしないほうがおいしいと私は思う。つまり、作られた場所で飲むお酒が、一番だ。ワインの場合は特に、振動に影響されるということから、輸送に不向きとされる。が、輸送にそれほど影響を受けないお酒であっても、生まれた気候から遠ざからないほうが、いい。

外国を旅して、こんな素晴らしいお酒があったのかと感激し、重い思いをして持って帰ったものの、いざ日本で飲むと「あれ?」という経験をした人は多いだろう。インドの安いラム酒を箱買いしたり、ポルトガルのポルトーを後生大事に抱えてきたり、中国の人参茶の味がする缶ビールをお土産にしたり、ベルギーの修道院でもらった地ビールを手荷物で運んだり……した人は、そう多くはないかもしれないが(全部、私です)、ふるさとを離れたお酒は、悲しいほど色あせてしまうというのが実感だ。

さて、去年の春から石垣島に住む私の、夜のお決まりコースは「オリオンビールからの泡盛」。オリオンビールは、さっぱりしていて水のように飲める。亜熱帯気候にぴったりの喉ごしのよさが特徴だ。泡盛は、地元の「請福」を贔屓にしている。琉球王朝時代から育まれた黒麹菌を、石垣島於茂登岳の自然水で仕込んだもの。米から作られるお酒だが、麦焼酎よりはクセがある感じ。だが、そのクセが不思議と、いろんなものと合う。私はこれまで、焼酎を飲むならお湯割りと決めていた。梅干しを入れるとかナントカサワーとか、絶対にいやだった。焼酎の風味に失礼だろうくらいに憤っていた。

が、泡盛は、普通にお湯割りでもイケるのだが、たとえばシークワーサーを搾ったりすると、いっそう風味が増す。クセを消すという意味ではなく、クセが生きるという方向なのだ。単純に、こちらの気候が、柑橘系とマッチしているということなのかもしれないが。いつからか、泡盛にシークワーサーは、定番になってしまった。生の果実があるときは、せっせと搾るし、一〇〇％果汁の瓶詰めも、手ごろな値段で手に入る。これも地元ならではの喜びだ。

そして、南の島もさすがに肌寒くなってきた今日このごろ、私が夢中になっているのは「EGOIST」という生姜シロップ。これで作る泡盛のお湯割りが、とてつもなく美味。たまたま友人がお土産でくれたもので、沖永良部島で作られている。EGOISTとは、「ELOVE GINGER ORIGINAL ISLAND TASTE」の頭文字をとったものだそうで、島の生姜、島の黒糖、島の蜂蜜、そこにシナモン、クローブ、レモンが加えられたシロップだ。基本、受注生産で、大量に注文が入ると、あたふた生姜を擦ったりするような規模らしいが、これがもう泡盛を天国の味に変えてしまう。質のいい生姜のおかげで、体がぽかぽかと暖まり、寝酒には最高だ。

近頃の若者は、おいしいことを「ヤバイ」と表現するが、私も今、初めて使おうと思う。この生姜シロップは、ヤバイです。もちろん、そこには、おいしいの意味に加えて、本来の意味も込められている。あまりにおいしく飲みやすくなるので、いくらでも飲めてしまう。その結果が、ヤバイ。

カヤック体験

息子が石垣島の自然について書いた作文が、観光協会から賞をもらった。その副賞として、親子でカヤック体験をさせてくれるという。
二十年近く前に、釧路湿原の取材でカヌーに乗ったことがあるが、それ以来だ。

ゆうらりと浮かべよカヌー一枚の木の葉のように釧路をくだる

カヌーは水鳥の視線と言われる。外から眺めているのとは違う川の表情が、印象深かった。釧路川は、ゆったりと蛇行しながら、湿原に水を配っている。

蛇行する川には蛇行の理由あり急げばいいってもんじゃないよと

人間はA地点からB地点へ、最短コース、直線で行くことばかり考えがちだけど、蛇行にも意味がある。そのころ、仕事の方向性などで悩んでいた自分は、釧路川のありように大いに励まされた。

さて、体験当日、救命胴衣をつけ、パドルの使い方を習い、いざ出発というとき、気になっていたことを案内の人に聞いた。

「あの〜、カヌーとカヤックって違うんですか?」「カヤックはカヌーの一種です。で、今日乗るこれはシーカヤック」とのこと。息子にも理解させねばと思い「カヌーが野菜なら、カヤックはキャベツね」と言うと、「シーカヤックは紫キャベツ!」と反応がいい。ちょうど国語の授業で、言葉の分類を習ったらしく得意顔。言葉といえば、その日はマングローブの生えている川をさかのぼって行ったのだが、「マングローブという名前の木はありません」と言われて、びっくり。海水に浸る土地でも生きていける植物全般をさしてマングローブというのだそうだ。

カヤックは二人乗りで、息子と気持ちを合わせて漕がなくてはならない。

「おかあさん、右、右! あっ行きすぎだよ、少し左にもどして」など、前方の息子が指示を出し、主に私は方向の調節係ということになった。まっすぐのところでは、息子が精を出して漕いでくれる。

釧路では、川の蛇行に人生を感じたが、二人乗りのカヤックは、それそのものが人生の小舟という、まあ陳腐ではあるけれど、どうしてもその比喩が思い浮かんでしまう。今はこうして、二人で力を合わせて進んでいるが、いずれは彼も、この舟を降りる日がくるのだろう。

川の支流に入ってゆくと、しーんと静まりかえっている。その中で、時おりぼちゃん！　ぼちゃん！　と何かが飛びこむような音がする。カエルかと思ったら、マングローブの一種であるオヒルギという木の種が落ちているのだった。見れば、長細い小ダコのような形をしていて、その中に種子を宿している。発芽してから、水面や泥土に落ちるのだそうだ。息子は、「タコ！　タコ！」と手を伸ばしては、つかまえていた。

植物ではあるけれど、カエルかと思ったように、今まさにここで生きている感じが、すごくする。枝から直接水面に向かって、たらーんと根を伸ばしているところもそうだ。塩分をためて黄色くなった葉っぱを落とすという工夫もしている。生きにくい場所で生きてゆく知恵が満載のマングローブ。頼もしいたくましさに見送られ、息子と私のカヤックは浜に戻った。

私、運転できません

学生のとき、なんとなく必要なんじゃないかと思って、軽い気持ちで自動車学校に通いはじめた。東京の大学に通っていたが、実家のある福井県で、春休み中に免許をとろうという計画だ。学生の春休みは長い。二か月以上はあったと思う。が、生来の運動音痴、機械音痴、方向音痴が災いして、それはそれは苦労した。補習のハンコを押す欄が足りなくなって、紙の継ぎ足しをした。そんな人は数年に一人、しかも相当年配の人しかいないそうだ。最後の試験は、ほとんど温情で、先生は小さな声で言った。「……東京では、運転するなよ」。自動車学校を卒業した日には、晴れ晴れと思ったものだ。「ああ、これで明日からは運転しなくてすむ！」と。以来、東京どころか、その他の地でも、一度もハンドルを握ったことはない。十年くらいは身分証明書と思って更新もしていたが、いつしかそれも面倒になり、失効してしまった。

特に不便に思うこともなく年月は過ぎたが、去年、石垣島に引っ越した当初だけは、さすがに後悔した。市街地まで、車で三十分。近くには店らしい店もない。バスは一日数本で、そのバス停までが私の足では歩いていけないほど遠い。今でも、住んでいる地域で車ナシの生活をしていると言うと、たいていの人が絶句する。「無謀ですね」とさえ言われた。

ペーパーでもいいから免許さえあれば、決まった道だけを練習して、なんとか乗れたかもしれない。が、今さらそんなことを思ってもしかたがない。タクシーも利用はするけれど、一回の買い物に五千円のタクシー代がかかってしまうので、そうそう気安くは乗れない。いきおい、近所の人に頼らざるをえない状況だ。

公民館での集まりや学校の行事があるたびに、誰かにお願いする。郵便局やスーパーに行く人がいれば、買い物を頼んだり、便乗させてもらったりする。そのうち「俵さんは、車を持っていない」ということが知れわたり、こちらから電話をしなくても、みなさんが何となく当番のように（？）私の送り迎えのあれこれをしてくれるようにまでなってしまった。

車というのは、密室だ。だから個人的な話も弾むし、ほどよい親しさが湧きあがる空間でもある。ドライブがデートの定番なのは、そういう効果を狙ってのことなのだろう。短い期間で、自分がこんなにも地域の人たちと仲良くなれたのは、運転できなかったおかげにちがいない。なんだ、やっぱり免許失効していて正解じゃないか！……多くの人に迷惑や心配をかけておいて言うのもなんだが、できないおかげで貴重なつながりが生まれたのは確かだ。

先日会った教育関係者が、こんなことを言っていた。「最近では、家族同士でも、甘えられないという傾向が強いんですよ。両親に心配かけたくない子どもや、逆に子どもに弱みを見せたくない親、とかね」。

そのことが家族関係を、かえってぎくしゃくさせているという。進んで迷惑をかけることはないが、自分が弱っているときや困っているときは、思いきって人の助けを求めることも必要なのではないだろうか。

「私、運転できません」。だから助けてほしいと心から思ったし、助けてもらって心から感謝している。そしてそこから生まれた人とのつながりが、今の私の大きな支えだ。

長命草

　息子と初めて石垣の地を踏み、友人の家に居候させてもらったのが去年の四月。昼前に空港に着き、そのまま車で、市街地から三十分ほどの新居に案内してもらった。

「おなか空いたでしょう」と、友人夫婦はシーフードのパスタをふるまってくれた。ぺろりと親子でたいらげ、もしかしたらまだ物足りない顔をしていたのかもしれない。

「パスタは、まだあるから……」と、友人が茹でたてのパスタに、緑のソースをからめて出してくれた。これが、香りが深くて、実においしい。

「すごい！　手作りのジェノベーゼ？」

　以前、イタリアに行って、虜になった味に似ていた。ジェノベーゼとは、バジルのペーストに松の実やにんにくやオリーブオイルなどを混ぜて作るソースだ。日本でも瓶詰めなどで売っているが、けっこういい値段がする。

「手作りは当たっているけど、正確に言うとジェノベーゼ風ってことになるかな」

聞けば、近所に住む料理上手なFさんが、庭に生えている長命草という植物の葉っぱを、バジルの代わりに使って手作りしたものだという。長命草は、石垣島にたくさん自生している植物で、長命という名前からも察せられるように、とても体にいいのだそうだ。

その後、その界隈に住みついた我々親子は、Fさん宅でのバーベキューパーティに誘ってもらった。炭を起こし、豪快にスペアリブを焼く。庭からはコバルトブルーの海が眺められ、島バナナやハイビスカスが豊かに繁っている。そうだ、と思い出し「長命草ってどれですか?」と尋ねると、足元にわんさと生えているのがそれだった。

丸い葉っぱがトランプのクラブのマークみたいだ。ちぎってみると、バジルにミントとレモンを足して、もう少し苦くしたような香り。

「これで作ったジェノベーゼ風のソース、すごーくおいしかったです……ちょっと、もらって帰ってもいいですか?」とお願いすると、じゃあ鉢植えにしたものがあるからと、一鉢もらってしまった。これは、うれしい(そして、ずうずうしい)。

ついでに利用のしかたを尋ねてみた。島で一番ポピュラーな使い方は、刺身の上に千切りにした長命草をたっぷりのせて薬味にすること。こちらの魚は淡泊なので風味がつくし、温暖な気候のなか、刺身が傷まないようにする効果も大きいそうだ。

「要はハーブだから、何にでもいいわよ」

よろこんで、いろいろ試してみた。ほんとうに何にでもいい。そうめんの薬味。かきあげに混ぜて天ぷら。刻んでチャーハンに入れるのが、息子は気に入っている。メニューに緑が足りないとき、ベランダに長命草があるというのは、心強い。フレッシュな緑が手軽に楽しめ、そのうえヘルシーなのだから言うことはない。

その後、Ｆさんが、地域の子どもたちを集めて「うどん作り」の指導をしてくれる機会があった。その時にも、長命草を練りこんで、美しい緑の、栄養価も高いうどんが完成した。

この長命草、与那国島の島おこしの起爆剤にもなっているという。資生堂の健康ドリンクやタブレットなどに利用され、最近では長命草のロールケーキが人気だとか。私も、もっと使い道を考えてみよう。

二十六の瞳

息子が通っている小学校は、一年生から六年生まで、合わせて十三人。つまり息子が転校して来るまでは十二人で、まさに二十四の瞳だったわけだ。

たまに学校をのぞいてみると、休み時間には全員が校庭に出て、鬼ごっこなどをして走りまわっている。年配の人には、ごく当たり前の光景かもしれないが、違う年齢の子どもたちが一緒になって遊ぶというのは、今ではかなり珍しい。私自身の小学生時代を思い出しても、ほとんどが同学年の仲良しグループで過ごしていた。

「こんなに人数が少ないと、社会性が育たないのでは」と心配する大人もいるが、異なる年齢の集団のなかで、子どもたちなりに考え行動していくことは、じゅうぶん社会勉強になるのではないだろうか、と思う。何をして遊ぶか、そのルールはどうするか。体力も嗜好も違う者同士が、楽しくなれるよう意見を出しあっている。たとえば鬼ごっこでは、一年生を連続してタッチするのはナシ、なんていうふうに。

息子は二年生で、二年生の男子は、あと二人いる。AくんとTくん。この二人は、まるでタイプが違って、わかりやすく言えばAくんは書斎派、Tくんはアウトドア派、といったところ。Aくんは頭をつかうカードゲームなどを好み、Tくんは暗くなるまで走りまわっていたいたちだ。もし三十人のクラスにいたら、この二人、たぶん友だちにはならないだろうなあと思わせられる。が、友だちになるもならないも、（息子が来るまでは）お互い唯一の同学年男子。なんとか折り合いをつけて、遊んできたようだ。そこには衝突や、面白くないことも多少あっただろうが、タイプの違う人間と一緒に過ごす時間は、彼らを成長させたことだろう。

幸い、息子は、ちょうど二人の中間くらいのタイプ。Tくんほど運動は得意ではないが、外遊びが大好き。Aくんほど利発ではないけれど、本やゲームにも興味がある。今のところ、いい塩梅に緩衝剤となっているようだ。

子どもの数が少ないので、たとえば運動会などは、大人の出番も必然的に多くなる。子どもたちの演技や競技だけでは、とてももたないのだ。保護者のみならず、親戚一同、地域住人のほとんどが参加しての「大運動会」である。

競技種目で、私が一番印象に残ったのは「縄ない競争」。縄がないのを、探すのかと思いきや、さにあらず。縄を「綯う」競争だ。目の前には、どさっと置かれた稲藁。ヨーイドンで、いっせいに縄をないはじめる。制限時間内にもっとも長い縄を作った人が勝ち。このときばかりは、高齢者も気合が入って、大張り切りだ。(実は数年前、テンションが上がりすぎて亡くなった人までいるという)

藁をとり拝めるごとく手を擦ればおばあの指から縄が生まれる

一首詠んでいる場合じゃない。事前に手ほどきを受けて私も参加してみたが、本番では全然ダメだった。まわりを見ると、魔法かと思うくらい、するするすると鮮やかに縄がなわれていくのだった。

賑やかに行われる大運動会。参加した大人たちは、子どもを全員知っている。地域の人たちに見守られた二十六の瞳だ。

きいやま商店

今、石垣島のちょっとした観光スポットになっているところがある。石垣小学校のそばにある「きいやま商店」という駄菓子屋さんだ。

八十六歳になるおばあちゃんが営む小さな店が、なぜ？　その理由は、彼女の孫三人（従弟と兄弟）によるバンド、その名も「きいやま商店」が大人気だから。石垣や沖縄本島はもちろん、東京や大阪からもファンがやって来る。そしてバンドメンバーの幼いころの話などを、おばあちゃんから聞き、記念写真を撮って帰るというわけだ。

何を隠そう、息子と私も「きいやま商店」の大ファン。お祭りでパワフルな歌声と楽しいトークに魅せられて以来、ほぼ「追っかけ」状態だ。石垣でのライブは皆勤賞、彼らが出演するイベントなどにも欠かさず行き、それだけでは足りずに那覇や西表島にも遠征した。ライブのオープニングで見せるカッコいいダンスを、息子は完璧にコピーして、いつも最前列で踊っている。

晴れた日は「きいやま商店」聞きながらシャツを干すなり海に向かって歌に元気をもらうとは、こういうことなのかと初めて思った。震災後、おそろしく前向きに生きている私だが、それでも悩んだり迷ったりすることは、ある。そんなとき、彼らの力強くて明るくて、ちょっぴり切ない歌を聞くと、むくむくと元気が湧いてくるのだ。

「土曜日のそば」という歌がある。学校がまだ週休二日ではなく、土曜日が半ドンだったころ、共働き家庭に育った彼らは、毎週おばあちゃんの作る八重山そばを食べに行った。そのことを歌ったものだ。

中に「大きな街で　くじけてばかり　僕らは何処へ　行きたかったんだろう」という一節がある。三人は、それぞれ別のバンドを組んでいて、東京と福岡でずっと活動してきた。帰ってこいと言われつづけた長男が（島では長男が仏壇を守らねばならないらしい）、ついに島へ戻る決心をし、最後の思い出にと三人で歌った。それがバンド「きいやま商店」のはじまりだ。ライブの評判が評判をよび、それは最後の思い出ではなく、彼らの最初のスタートとなった。今では、沖縄で一番勢いのあるバンドとして認識されている。

息子と私も、正しいファンとして、おばあちゃんの「きいやま商店」に遊びに行った。

子どもらが十円の夢買いにくる駄菓子屋さんのラムネのみどり

よっちゃんイカ、乾燥うめぼし、フーセンガム……そういったものが、今でも十円で売られている。「あら、髪切ったのね」なんて、おばあちゃんは近所の小学生一人一人に話しかけている。私たちがファンであることを言うと、昔の写真を奥から出してきて見せてくれた。そしてサトウキビ畑で苦労した話をしながら、「土曜日のそば」の一節を口にした。「しわくちゃな手は涙の積み重ね……あれを聞いたとき、孫たちも見ていてくれたんだなあって思ってね、涙が出たよ」……ええ孫や！

全国からファンが来るので、おしゃれに気をつかうようになったというおばあちゃん。「若返ったって言われるのよ」と、ニッコリ笑った。

バンナ公園

石垣島のほぼ中央に位置するバンナ岳。そこにバンナ公園という広大な森林公園がある。展望台からはエメラルドグリーンの海や、近くの竹富島が眺められるし、南国の樹木が繁る植物園や、水鳥の観察所もある。

去年の五月、ゴールデンウィーク。息子の同級生が、お父さんと行くからと言って誘ってくれた。到着するやいなや、あふれんばかりの緑のなか、子どもたちはアスレチックコーナーへ向かって駆け出した。複雑なジャングルジムや五十メートル以上あるローラー式の滑り台、それとは別に巨大な滑り台（一見すると、スノボーの競技場みたいな感じ）など、遊具も充実している。息子は「すごい、ワイルドだね！」と目を輝かせ、飽きることなく汗を流していた。

その環境と設備にも感動したが、何よりも私が驚いたのは「人が少ない！」ということだ。仙台にいたころ、近くに「みちのく杜の湖畔公園」という、ほぼ同じくらいの規模の森林公園があった。息子は、そこが大好きだったが、とにかく混む。どの遊具にも、子どもたちがびっしりという感じ。休日などは、入場券売り場にも列ができていたし、そこへ至る道路がまず渋滞で大変だった。

だから誘ってもらったとき、ゴールデンウィークに森林公園と聞いて、私はそうとうの覚悟をした。が、道路は渋滞どころか、スイスイ。いざ入園しても、まったく閑散としていて拍子抜けするほどだ。朝、早めに行きましょう！　と私が提案したこともあるのだが、十時くらいまでは、ジャングルジムも滑り台も貸し切り状態だった。パラダイスである。ちなみに入場料は、無料。都会で、並ぶことや混雑に慣れきっていた身には、まことに信じがたい光景だった。

「いいところですね〜。素晴らしいですね。なんでこんなに空いているのかなあ」を繰り返す私に、同級生のお父さんは、ぽそっと言った。

「子どもが来たがるから連れてきたけど、ぼくはそれほど好きじゃないんですよ。こういう人工的なところは」

はい？　一瞬、耳を疑った。今なんとおっしゃいました？「コウイウジンコウテキナトコロ」とな？

遊園地とかボウリング場ならわかるが、この環境をもってなお「人工的」と言う、その感覚に、なんというか私は深い感銘を受けた。確かに、公園は造成された場所だし、ジャングルジムも滑り台も、人工物ではある。

彼に言わせれば「みちのく杜の湖畔公園」も、思いきり人工的なところなのだろう。私たち、自然を満喫しに行っていたつもりなんだけどなあ。

身近に、あまりに自然があふれているので、あえて公園に緑を求めに来る人もいないのだろうか。この空き加減は、そうとしか考えられない。

帰り、息子と私を車で送ってくれたそのお父さん。うちのマンションの前の海で釣り糸を垂れ、みごとに大きな魚を釣り上げていった。とれたてだから刺身ですか？と聞くと「これは、ヘンな虫がいるかもしれないから、ばりっと揚げて骨まで食う」とのこと。うん、こういうのをワイルドって言うんだね。そういえばあれ以来、バンナ公園には行っていない。

石垣島とお肌の関係

今年の冬は、ハンドクリームもリップクリームも、ほとんど使わなかった。毎年、手荒れと唇のひび割れに悩まされてきたことを思うと嘘のようだ。その秘密は、石垣島の湿度の高さだろう。こちらに来て湿度計を買ったのだが、だいたいいつも八十％前後の値を示している。だから、常にお肌はしっとりというわけだ。

暮らしはじめて間もないころ、家じゅうの紙類がしんなりしたので驚いた。電話帳のような紙質のものだと、全体が湿気を吸って波打っている。フローリングの床を裸足で歩くと、ぺたぺたと足に水分がくっついてくる感じが、やや気持ち悪い。

梅雨時ともなると、スーパーや薬局の店頭に「湿気とり」グッズが山積みだ。なんだか買わないといけないような気がして、プラスチックの小箱に水が溜るタイプのものを大量に購入し、押入れなどに置いてみた。が、すぐに、たっぷんたっぷんになってしまって追いつかない。結局除湿機に頼ることにしたが、ママ友にすすめられたのは「衣類乾燥」という機能がついているもの。「これは沖縄では、必需品！」とのことである。

風が強くて、日差しも強いので、洗濯物がよく乾きそうなイメージがあるが、いかんせんこの湿度だ。からりというわけには、なかなかいかない。雨季のような時期もけっこう長いので、特に子どものいる家庭では、洗濯物が乾かないのが悩みの種。家の一部屋を「乾燥部屋」にして、そこを締め切って除湿機を置き、部屋中に洗濯物を干しているという人が多い。我が家は、子どもの勉強部屋さえない状態なので、乾燥部屋を作る余裕はない。そこでお風呂場につっぱりポールをつけて、そこを乾燥部屋ということにしている。

ついつい洗濯物の話に力が入ってしまったが、今回のテーマは「お肌」だった。湿気はたしかにお肌にいいのだが、石垣島には、もう一つ特徴がある。そしてそちらは、ものすごくお肌に悪い。そう、紫外線である。

五月の薄曇りのある日、息子と一緒に、家の前の海で一日遊んだ。いちおう日焼け止めは塗り、帽子もかぶっていたのだが、翌日、首のうしろがひりひりしはじめた。帽子のつばが届かないところが、耳なし芳一の耳のように紫外線に狙われたのだろう。

しばらくして、皮がぽろぽろむけてきた。着ていたTシャツの跡が、首まわりにくっきり。こんな焼けかた、小学生以来である。

初夏の曇り日でさえこうなのだから、真夏は、おして知るべし。はっきり言って、街なかをふらふら歩いている人は、少ない。用事があって出かけるときは日焼け止めや帽子は必需品。そのうえで建物の影を選んで歩くのだが、たまに影と影のあいだの日光があたっているところを通らねばならないときなど、小走りになってしまう。大げさなと思われるかもしれないが、暑いというよりも、日差しが「痛い」。そう言ったほうが、ぴったりくる。肌を刺してくる感じなのだ。

都会でも、大きな帽子に腕カバー、日傘にサングラスといった、「紫外線は人類の敵！」みたいな完全武装の人を見かけるが、こちらではそれが標準装備。

さて、私のお肌だが、シワは心もち減り（湿度のおかげ）、シミが心もち増え（紫外線のせい）一勝一敗といったところです。

美人は性格がいい（と私は思う）

東京に住んでいたころ、毎月のように我が家でワイン会をしていた。気心の知れた友人どうし、おいしいワインと料理を持ち寄って、夜中までおしゃべり。この仲間と過ごす時間は本当に楽しくて「大人の修学旅行」と称し、みんなで旅行に出かけることもしばしばあった。

私が石垣島に越したのを機に、このたび「大人の修学旅行イン石垣」を開催。総勢八名もの友人が遊びにきてくれた。その友人の一人に、タレントでエッセイストの岡部まりさんがいる。彼女とはもう、二十年来の仲良しだ。

「あんたは、なんで美人とばかり友だちになるの？ いっつも引き立て役なんだから」と母がため息をついたことがある。中学のときも、高校のときも、一番の仲良しは、学年で一番の美人だった。

別に美人をねらったわけではない。が、気がつくと、結果としてそうなのだ。気が合うし、性格のいい人が多い。この「美人は性格がいい」という仮説（？）は、岡部まりさんと友だちになって、私のなかでは確信に変わりつつある。世の中の人は、あまりに美しい人を見ると、せめて性格が悪いと思いたいかもしれないが（そうでないと、私のように不器量な人が浮かばれない？）残念ながら、美人は性格が悪くなる確率が非常に低いのです。

性格が悪くなる大きな要因として「人の悪意を受ける」ということがあると思うのだが、美人の場合、この悪意を受ける場面がとても少ない。まりさんと一日を過ごしていると「ああ、世の中の人（特に男性）は、美人にはこんなに優しいのか」としみじみ感じる。

コンビニで一〇五円のガムを買って一万円札を出そうが、夜中にタクシーを拾ってワンメーターの行き先を告げようが、誰も嫌な顔をしない。それどころか、店員さんも、タクシーの運転手さんも、なんかウキウキした感じになっている。劇場に行こうとして迷ったとき、向こうから歩いてきた人に道を尋ねたら「いま、そちらに僕も行くところだったんです！　ご一緒しましょう！」と言って、彼はくるりと体の向きを一八〇度変えた。あんた、向こうからきたんちゃうんか、と心のなかでツッコミを入れながらも、ありがたく道案内してもらったことを思い出す。

人間、誰しも優しい面と意地悪な面を持っている。そして美人に遭遇した場合、多くの人は優しい面を彼女に向ける。みんなに優しくされれば、みんなにも優しくなれるのが人というものだろう。結果、私の仮説にたどりつくというわけだ。

もちろん、逆は必ずしも真ならず。美人じゃなくても性格のいい人はたくさんいる。美人じゃないほうの立場を代表して言わせてもらえば、人に優しくされる前に、こちらから優しくすればいいのだ。ほうっておいても好かれるわけではないが、こちらから好きになっていけば、たいていの人は、やはり優しい面をこちらに向けてくれる。そうなれば、あとは、美人と同じ仕組みと展開が待っている（と信じたい）。

もう一つ「でも、嫉妬とかやっかみとか、そういう悪意を受けるのでは？」という意見もあるだろう。確かに。だが、「出る杭は打たれる」をもじって、「出すぎる杭は打たれない」と言われるように、美人も、まりさん級になると、もはや打たれないみたいです。

黒島の牛祭り

「大人の修学旅行イン石垣」と称して、東京から総勢八名もの友人が遊びにきてくれた。ちょうどその期間に、黒島で開催されたのが牛祭り。黒島はハートの形をした小さな島で、人口二百人あまりに対して、牛が十四倍の約三千頭。そこに毎年、牛の数ほどの観光客が集まると聞いて、みんなで出かけることにした。

石垣島から船で三十分ほどの離島だ。フェリーの往復料金が通常二一五〇円。この往復運賃に、黒島牛メニューから選べる食事券、そしてお楽しみ抽せん券がついたセット料金が二七〇〇円。なんとも良心的な値段設定である。

黒島牛メニューは、牛汁、牛そば、牛のモモ焼き、ハンバーグ、コロッケ、ステーキなどなど。どれも、ふんだんに黒島の牛肉が使われていて美味。ここは質のよいアーサーが採れることでも有名で、黒島アーサー汁の屋台なども出ている。

野外の舞台では、郷土芸能やライブが行われ、四百キロの干し草ロールを転がす「牧草ロール転がし」や大声を競う「牛の鳴き声大声コンテスト」など、参加型のイベントも盛りだくさん。

そして何といっても、このお祭りの目玉は大抽選会。石垣—那覇間の航空券はじめ、豪華景品が当たる。最高賞の賞品はというと「牛一頭」。はじめ聞いたときには何かの間違いかと思った。景品が牛って……しかも生きているのがまるまる一頭って……。しかし、間違いではなかった。さらに今年は第二十回の牛祭りということで、二頭の牛が用意されているという。

「当たったらどうする～」「やっぱりさ、ホールインワンみたいに、みんなを招いて焼き肉パーティとか開かないと」「でも、一頭だよ、食べきれるかね」「ていうか、誰がさばくの？」「だよね～、お肉屋さんに頼んでさ、右半分は差し上げますから、左半分をスライスしてくださいとか？」「左半分でも、かなりの量でしょう」「いっそ業者に売って、そのお金で焼き肉屋に行くとか？」

仲間たちは、もう当たったかのように、盛り上がっている。私の息子に聞くと「しゅうまにいにいのところに連れていって、大きく育ててもらう！」と目を輝かせていた。しゅうまにいにいは、近所の中学生のお兄ちゃん。実際に彼は自分の牛を飼っていて、市場にも彼の名前で肥育した牛が出ている。遊びに行って、ブラッシングの手伝いなどを息子はさせてもらったことがあり、心から尊敬しているのだ。

モールで飾りつけられた牛が、昔の花嫁のようにしずしずと会場に運ばれてくると、おおーっとどよめきが上がる。さすがの迫力だ。約五百キロのこの雌牛を当てたのは、石垣市在住の三十代男性と中学生の男の子だった。つまり我々の仲間は全員はずれたのだが、「もし当たったら……」と考えをめぐらせる時間、それこそがこの抽選会の醍醐味に違いない。

ちなみに、やはり石垣市在住の私の友人が「牛の体重あてクイズ」でみごとピッタリ賞。牛のもも肉一本、約三十キロを進呈された。彼女はリヤカーと軽トラックでそれを持ち帰り、今は近所の肉屋さんの冷蔵庫を借りて保管している。今週末には「ももパ（もも肉パーティ）」が企画されていて、息子と私もお相伴にあずかる予定だ。

石垣島の島野菜

石垣島に来て、初めて知った野菜が、たくさんある。息子のお気に入りベスト3は、オオタニワタリ、アフリカほうれんそう、紅イモだ。オオタニワタリは、細長い黄緑色の葉っぱの先がくるんと丸まっていて、シダ科の観葉植物をちぎったような感じの野菜。スーパーなどでもよく見かけるのだが、どうやって食べたらいいのかわからなかった。それがある日、友人と行った居酒屋で天ぷらになって出てきた。「うまい!」。息子は猛烈な勢いで一皿たいらげ、さらにおかわりをした。そうか、天ぷらでいいんだ。さっそく真似をして、以来、我が家の定番メニューになっている。カラっと揚げて塩をかけるだけでOK。シャキシャキした歯ごたえに、ほんのり苦みがあるが、それがまた魅力だ。新芽を茹でてマヨネーズというのも人気の食べかたらしいが、息子は(子どもには珍しく)マヨネーズ嫌いなので、もっぱら天ぷらにしている。

アフリカほうれんそうは、肉厚の丸い葉っぱで、一見すると道端の雑草のようだが、鉄分豊富なヘルシー野菜だ。酸味とぬめりがあると聞いて味噌汁にしたら、大正解。息子は、モロヘイヤの味噌汁が大好きな（これも子どもには珍しい）ので、絶対喜ぶと思ったのだ。

紅イモは、お菓子の材料としてよく知られている。紅イモタルト、紅イモアイス、紅イモクッキー……。加工されたものは本土に持っていけるが、紅イモそのものは持ち出せない。紫色をしたサツマイモと思えばよくて、焼き芋が最高においしい。

息子が、学校の給食で「どうしても食べられない。大根サラダの味がヘン」と言うので確かめてみたら正体は「パパイヤ」だった。こちらでは、やはりポピュラーな野菜である。パパイヤはご近所さんからいただくことが多いので、なんとか好きになってもらおうと、あれこれ試した。サラダもダメ、炒め物もダメ。万策尽きたかと思われたが、ダメ元である日、焼き肉の下に敷いてみたら、ものすごく食べてくれた。千切りにして軽く茹でたパパイヤを皿に広げる。その上に、焼き肉のタレをたっぷり染みこませて焼いた石垣牛をのせる。これだけのことだが、肉汁がじゅわっと染みたパパイヤは、おっと思うほどイケル味。たんぱく質の消化を助ける酵素があるらしいので、組み合わせとしても理にかなっている。

そんな島野菜が豊富に売っているのが「ゆらてぃく市場」だ。石垣に来たら、ぜひのぞいてほしいところの一つ。先日、東京から遊びにきた友人たちを連れていったら、目を輝かせていた。食に貪欲な人たちなので、あれこれ買いこんで、我が家で楽しんだ。なかには、私もびっくりの斬新メニューも。

一つは、巨大なアロエが売っていたので、その中身を取り出して、ヨーグルトと黒蜜（この二つも石垣産）をかけたデザート。

もう一つは、島らっきょうに、かの有名な辺銀（ペンギン）食堂のラー油をかけたおつまみ。島らっきょうは私の大好物で、生のまま塩をもみこんでいくらでも食べてしまう。が、こんなふうにひと手間加えると、おしゃれで味わい深い一品になるのだなあと感心した。

辺銀食堂のラー油は、地元の人よりも、旅行者のほうが買いやすい仕組みになっている。友人が来るたびに、自分のぶんも注文してもらっているのだが、先日、辺銀食堂のご夫婦の物語を映画化するということで、島でロケが行われていた。公開されたら、また手に入りにくくなっちゃうのかな。

フィンガー5

急な仕事が入って東京へ行った。まだ春休み中だったので、息子も連れての上京。そのまま石垣へとんぼ返りもつまらない。「そうだ、福岡に行こう！」と思いついた。以前このコラムでご紹介したバンド「きいやま商店」が、四月は福岡で合宿中。連日のように福岡でライブをしている。ちょうどその日は、福岡三越前のライオン広場でストリートライブがある。陣中見舞いを兼ねて行ってみることにした。

広場でライブの準備をしているメンバーのところへ、息子はいちもくさん。「だいちゃーん！りょーさー！ますとー！」と名前を呼ぶと、振り返った三人は、ぽかん。頭のうえにハテナマークが見えるような感じだった。こういうサプライズは、人生を楽しくするなあ。

二百人近い人が足をとめて、大盛況のストリートライブ。息子は最前列で、踊っていた。石垣には、こういう子どもはたくさんいるが、福岡ではさすがに珍しい。二百人のうち三人くらいは、息子のダンスに足をとめたかもしれない（親バカ？）。

ユンケルをさしいれしたら、お礼にドールバナナをもらった。「ドールバナナ！」。ここで一気に私は遠い目になる。ドールバナナといえば、フィンガー5だ。私が小学生のころ、一世を風靡したアイドル。彼らがドールバナナのコマーシャルをしていて、バナナについているシールを何枚か送ると、フィンガー5の指人形セットなどがもらえるというキャンペーンがあった。その景品欲しさに「おやつは毎日バナナにして！」と母親に頼んだことを思い出す。

生まれて初めて買ったレコードが「学園天国」。部屋中にポスターを貼り、新曲が出るたびにダンスをコピーし、大きなコンサート会場にも足を運んだ。私のミーハーの原点、それがフィンガー5だ。

思えば彼らは、沖縄出身の四人兄弟＋妹という編成。石垣出身の従弟兄弟バンド「きいやま商店」にハマる種は、もう小学生のときに蒔かれていたのね……と勝手に感慨にふけるのだった。

ちなみに学生時代、私はフィンガー5を早稲田祭に呼ぼうと思いつき、すでに引退していた彼らのところへ訪ねていった。「かくかくしかじか、ファンでした！」という交渉の結果、三男の正男さんと四男の晃さんが快く出演してくれた。週刊誌で、東京のこのへんでお店をやっているらしいという記事を読んで、それだけを頼りに電車に乗ってでかけたのである。我ながら、けっこうな行動力だ。その根底には、「実物に間近で会いたい」というミーハー魂があったことを告白しておこう。

さらに数年後、某ホテルの美容院で、二男の光男さんに偶然会って、椅子からすべり落ちそうになった。彼は美容業界のほうで成功しているらしく、早稲田祭のときには行けなかったけど、弟たちから話は聞いていましたよとのこと。憧れていた当時そのままの爽やかな笑顔が忘れられない。

晃さんだけは、今も音楽活動をしていて、先日、きいやま商店も出演した桜坂というところでのイベントに、そのお名前があった。きいやま商店のメンバーに聞いてみたら「打ち上げでお話をしましたよ」という。その光景を、私以上に奇跡と思う人はいないだろう。

シュノーケリング

顔をあげると、見慣れた感じのいつもの海。が、いったん顔をつけると「うわあああ」と叫びたくなるような魚の群れ。海面を境に、劇的な風景の変化がある。生まれて初めて、シュノーケリングを体験した。

以前、息子とカヤックに乗ったときにお世話になった「エコツアーふくみみ」で、今度はシュノーケリングを教えてもらった。「ふくみみ」では、さまざまな自然体験を指導してくれる。ご夫婦二人の経営で規模は小さいが、三人の男の子を子育て中とあって、アットホームな雰囲気と、子どもに合ったプログラムを提供してくれるところが魅力だ。

私のような、基本インドア派の運動音痴でも、足のつくところで、じっくり教えてもらってから、そろりそろりと海へ繰り出すという感じなので、無理なく楽しむことができた。

それにしても、波打ち際から数メートルしか離れていない、足のつくようなところである。そこに、サンゴ礁が広がり、うじゃうじゃ魚がいるというのは、さすが石垣島だ。真っ青に輝くルリスズメダイや「ニモ」の愛称で親しまれているカクレクマノミ。ほかにも名前はわからないが、大きくてシマシマのやら、小さくてピカピカのやら、一匹で何色もの色をまとっているのやら、黒くて目つきの悪いのやら、長くてウネウネしているのやら。水族館のガラスケースが壊れて、全部いっしょくたになったところへ、自分も混ざっている感じ、と言えばいいだろうか。

サンゴも、白だけでなく、ピンクや青いのもあって目を奪われる。イソギンチャクに口を突っ込んでお食事中とおぼしき魚もいた。

なんちゅう楽しさであろうか！　グラスボートには何回も乗って「魚を見るなら、これで十分」と思っていたが、まったく十分ではなかった。だって、自分の顔の横を、魚が泳いでいくんですよ。その魚は、私のことを何と思って、こんなに近くを平気ですいすい泳いでいるのだろうか。

「全然、人間のことを恐がりませんね」と「ふくみみ」のOさんに聞くと「魚は動きが素早くて逃げるのがうまいので、意外と近くまでいっても平気なんですよ」とのこと。ただし、テリトリーを侵されたと感じると威嚇してくるのもいるらしい。目つきの悪い黒い魚が、そうだったようだ。なんだか「うがー」と怒って、つっついてきた。

私が体験したのは三月の下旬。水温はまだ低めで、海からあがるとけっこう寒い。ぶるっとしていると、ペットボトルに入れたお湯を、Oさんがウエットスーツの中にどぼどぼと注いでくれた。体がお湯の膜で包まれて、立ったまま一人温泉の気分である。

小学生の息子も、夢中になってやっていた。「よく、空を飛んでいるような気分って言うけど、そういう感じもするね」と話しかけると「いや〜、空飛んだことないから、わかんない。でも、なかなか楽しいね」と冷静な返事がかえってきた。

四十代も後半になると「生まれて初めて」を経験することは、もう滅多にない。一年のうちに一回あるかないか。そういう意味では、息子より私のほうが興奮していたかもしれない。でも石垣島にいたら、これからもまだまだ「生まれて初めて」に出会えそうな気もする。

釣られて焦るフグ

石垣島に来て、さすがだなあと思ったことの一つは、たいていの男の子が釣り竿を持っているということだ。私の見たところ、サッカーボールや自転車以上の、普及率である。

我が家の目の前が海なので、休みの日など、そこで釣りをする「にぃにぃ」も多い。ベランダから、その姿を見つけると、息子は喜んで降りてゆく。

おさがりの釣り竿をもらって、彼も見よう見まねでやっているのだが、あまりうまくいかないようだ。にぃにぃも、後輩の指導よりは自分の釣りに熱中してしまう。それでも毎回嬉々として降りてゆくのは「エサ係」として活躍するのが楽しいらしい。

海辺を歩いているヤドカリを捕まえて、殻を割り、カミソリで細かく切る。ヤドカリといってもサザエくらいの大きさのもので、捕まえるにも殻を割るにも、それなりのコツがいる。息子は、これが面白くてしかたないらしい。習熟しているから、にぃにぃたちからも重宝がられている。

一度「今日は、エサ探しはいいよ。すごいの持ってきたから」と、小学四年生の男の子がぴかぴかのサンマを見せてくれたことがある。これをエサにしなくても、塩焼きにしたほうがいいのでは？　と思えるくらいの立派さだった。私がびっくりしたのは、そのサンマをさばく彼の手つきの鮮やかさ。包丁を器用に使って、みごとな三枚おろしにした。そこから細かく切ってエサにするのだが、正直、私にはできません。聞けば彼のお父さんは「海人（うみんちゅ）」だという。「赤ちゃんのときから舟に乗ってたよ！」。釣り船がゆりかご代わりとは、素晴らしい。

エサ係の活動に忙しい息子だが、一度だけフグを釣ったことがある。そのときは、眠る直前まで「釣った！　釣った！」と興奮していた。魚がかかったときの手ごたえを、何度も再現してみせる。さらには、そのときのフグの様子も。


ぷふぷふと頬ふくらます子に聞けば釣られて焦るフグのものまね

頬をふくらませ、前歯を突き出し、その隙間から「ぷふう、ぷふう」と息を吐く。

これを目を白黒させてやる。ものすごく可笑しい。後にこの芸（？）に磨きをかけた息子は、クリスマス会や友だちの誕生会で披露するようになった。「一発芸やります……釣られて焦るフグ！」は、かなりウケているようだ。みんなも見たことのある様子だから「似てる〜」と拍手喝采なのである。

さて、釣りのほうだが、心強い助っ人が現れた。ニュージーランド在住の友人が、一時帰国するさいに、息子に釣りを教えてくれるという。彼が見立ててくれた釣り竿も、すでに宅配便で届いた。さて、どんな授業になるだろう。今から私も楽しみだ。

家の前の海で息子が釣った魚を、晩ごはんのおかずにする……そんな日が訪れるだろうか。いかにも南の島暮らしという感じで、うっとりする。

が、問題が一つあった。私、魚がさばけない！　カニをもらって、風呂場でシャワーをかけた女である。友人が、さばきかたも含めて息子に伝授してくれることを、ひそかに期待している。

釣りのレッスン

息子が、友人に釣りを教えてもらうことになった。せっかくだからと、私もレッスンに加えてもらうことにして、初日は石垣港の近くで、基本的なあれこれを習う。釣り竿は、すでに立派なものを友人が東京から送ってくれていたので、エサと針などの道具を買いに、まずは釣具店へ。

生まれて初めて入る釣具店。一見すると雑然としているようだが、店員さんに聞くと、すぐに場所を教えてくれるので、整理はされているのだろう。要するに糸にエサをつけて魚をつかまえるだけなのに（と初心者は考える）なにゆえこんなに道具がいるのだろうと訝しく思われるほど、なんだかいろんなものが置いてある。お客さんは、ほとんどが男性。黙々と品定めをして、時おり店の人に話しかけては情報収集のようなことをしている。

この雰囲気、どこかと似ているなあと思ったのだが、しばらくして思い出した。「仙台模型」だ。東北で一番と言われているプラモデル屋さん。以前住んでいたところから歩いて数分だったので、息子とよく一緒に出かけた。息子は、ミニ四駆がお目当てだったのだが、どれにしようかと迷っているあいだ、漫然と店内を眺めていた。雑然としている（ように見える）店内といい、品定めをするお客さんのまとう空気感といい、要するにプラモデルなのに、なんだかいろんな道具が置いてあるところといい、釣具店のそれと、とてもよく似ていた。女の人がほとんどいないのも同じだ。つまり男の人のほうが、大人になっても真剣に遊んでいるということなのだろうか。

友人も、石垣での釣りは初めて。ポイントや釣り方、何が釣れるのか、エサはどういうのがいいかなどを一とおり聞いて、我々は港へと向かった。

リールに巻いた糸を釣り竿の丸い輪っかに通すところからはじめる。「あ、それは向きが逆」と言われて、昔ミシンのボビンケースに糸をうまく入れられなかった自分を思い出す。前途多難な感じ。息子のほうが、ちゃっちゃと器用に手を動かしている。

糸を垂らして、オモリが海の底までいったら、ちょっと持ち上げる。魚がエサをつつくと、竿に手ごたえが感じられるので、焦らず、しばらくしてから（ちゃんと魚が食いついてから）リールを巻く。要はそういうことの繰り返しだ。

驚いたのは、石垣港。港のコンクリートの際をのぞくと、そこにルリスズメダイがいたりする。青が美しい熱帯魚だ。肉眼で海の底が見えるのもすごい。ほんとうに水がきれいなんだなあと思う。

息子は、なんと、開始十五分で大人の手のひらくらいの大きさの、熱帯魚のようなものをキャッチ。

「人生で、二匹目を釣った！」と大興奮だ。以前釣ったフグのことを忘れていないらしい。その後も順調に記録をのばし、人生でトータル四匹を釣ってご満悦。私はというと、釣り竿、ぴくりともせず、ただぼんやりと時が流れてゆくのみである。

「楽しいのか？　これって楽しいのか？」と言いそうになるのを抑え、息子の嬉しそうな顔で、まあよしとする。

「なんだか私、一生釣れないような気がする」と友人に言うと、「大丈夫。明日はイヤというほど釣れるから」と励まされた。

そう、明日はいよいよ船をチャーターして、沖のほうへと出かけるのである。

初めての海釣り

前日、石垣港で一とおりの予習を終えた息子と私。今日は、いよいよ船に乗って沖へ繰り出す。薄曇りで、波は穏やか。これなら船酔いや日焼けの心配もなさそうだ。絶好の釣り日和である。

船は、石垣島を出て、竹富島の裏あたりで「五目釣り」をすることに。的を一つに絞る釣りもあるが、初心者ということで、いろいろ釣れるほうが楽しいだろうという配慮のようだ。メンバーは、ニュージーランドからの友人と、東京在住の彼のお兄さん、私、息子の四人。

予行演習どおりに釣り糸を垂らすと、さすが、沖！　一匹も釣れなかった昨日とは打って変わって、いきなり、ぐおーんと強い力で竿がひっぱられた。リールを懸命に巻くと、五十センチ以上の大きな魚が、ばたばたもがいている。

「ぎえー。ひえー」

とても私の力では引き上げられないので、船長さんが助っ人に来てくれた。しかしフックのようなものでひっかけて上げようとした瞬間、惜しいかな魚は逃げていってしまった。

いきなりそういうことがあったので、こんな調子で釣れるのかと思ったが、一日を振り返ると、実は、このとき逃げた魚が一番大きかった。

「逃げた魚は大きい」「釣った魚にエサはやらない」……思えば、釣りから生まれた言い回しはけっこうある。

そして、私が初めての海釣り体験で得た格言（?）、それは「素晴らしい竿は、釣り人を選ばず」。

実は、友人が見立てて送ってくれた釣り竿は、そうとう凄いもののようで、船長さんの表情が一瞬変わったのを私は見逃さなかった。「天龍」というメーカーのその釣り竿は、素人なりに私の感想を言うと「魚が今、何をしているかが目に浮かぶ」。

エサを見つけて、つんつんと試しにつついている。今、ぱくっと食いついたところ。針が刺さって、うがっと苦しんでいる……そういう動きが、微妙な竿のしなりを通して手に伝わってくるのだ。だから「つんつん」のときにはじっと待ち、「ぱくっ」で構え、

「うがっ」で引き上げればいい。

友人兄弟はもちろんのこと、息子も私も、面白いように釣りまくった。赤いミーバイ、水玉模様のイシミーバイ、黄色に水色縞模様のビタロウ、一筋線の入ったコウコウセイ、ひょうきんな顔のクチナギ……。私にいたっては、三十五センチものシロダイやニョロニョロ長いヤガラまで釣ってしまい、五目どころか十目くらいの成果。船の水槽は、息子いわく「食べられる魚の水族館」状態。四、五十匹釣ったところで、あとはひたすらリリースするしかないほどだった。ビギナーズラックとも言うのだろうが、釣りの神様が「これからも続けるように」とウインクしてくれたような気分である。

心地よい充実感とともに帰宅。近所に住む、何をやっても手際のいいママ友にお願いして、さばくのを手伝ってもらう（その後は、もちろん、大宴会）。

ママ友の家に到着してクーラーボックスを開けたとき、近所の子どもたちが、わーっと集まってきた。「見せて！　見せて！」。そして飽きることなく魚を見たりつついたりしている。友人兄弟いわく「久しぶりに、子どもらしい子どもを見たなあ」。たぶん、それも、石垣島の魅力です。

ヤエヤマボタル

「ホタル、見にいきませんか？」

カヤックやシュノーケリングでお世話になり、すっかり仲良しになった「エコツアーふくみみ」のOさんから、嬉しいお誘いをいただいた。

そのホタルの噂は、かねがね聞いていたので、今年こそはと思っていたのだ。まさに、渡りに船。

石垣島には八種類ほどのホタルがいるらしいが、今回の目当ては、ヤエヤマボタル。西表島と石垣島とに生息する日本一小さいホタルだ。四月から五月にかけての一時期、群舞が見られるという。体力があまりないホタルで、飛ぶのは、日没後、三十分と決めている。漫然と夜じゅうガールハントしなくても、待ち合わせをすれば効率よく出会えるというわけだ。

その日没を目指して、車で出かけた。思ったより手前でOさんは車を止める。

「ここからは、歩いていきましょう。車の音やライトは、ホタルにとっていい環境とは言えませんから」

実は、出発のとき、息子と自分にシューシュー虫よけスプレーをかけていたのだが、それも見とがめられた。「現地で虫よけ使うのはやめましょうね。ホタルも虫ですよ〜！」。そしてカメラは、置いていくように言われた。できるだけ、あるがままの環境で、そっと見せてもらう……それがOさんの基本姿勢。観光気分で浮かれていた自分を反省しながら、現地へと向かった。

ホタルというと水辺のイメージがあるが、ヤエヤマボタルは陸生なので、山の中のジャングルっぽいところを行く。日が沈むと、道の左右は真っ黒い壁のよう。しばらくすると、ポツッポツッと一番星のように光るのを発見。と、それが合図だったのか、あっちでもこっちでもという感じで、白い光の点滅がはじまった。

「うわあああ」。思わず声をあげてしまう。それまで壁のようだった闇に、こんなにも奥行きがあるのだということを、ホタルの光によって知らされる。ぼうっと白い無数の光が、またたきまたたき闇を照らす。天の川の中に入ったら、こんな感じだろうか。

そのイルミネーションに合わせるかのように「ピテン、ピテン、ピテン…」と、愛らしい木の楽器のような音が聞こえてくるのも素敵だ。

「あれ、何の音かな?」と呟くと、一緒に来ていた息子の友だちが「アイフィンガーガエル!」と、すかさず教えてくれた。さすが島の子だ。それにしても、これがカエルの鳴き声とは、にわかには信じがたい。すこぶるチャーミングな響きなのである。

さらに、Oさんいわく「この香りも、いいでしょう? 椰子の仲間で、石垣ではマーニといいます。ヤエヤマボタルとアイフィンガーガエルとマーニ。三つ揃うと、最高!」。

確かに、闇のどこからともなく、濃厚で甘い香りが漂ってくる。視覚と聴覚と嗅覚と。同時に刺激されて包まれて、もう自分がどこにいるのかわからない。

ヤエヤマボタルは幼虫も光るそうで、Oさんがその幼虫を見つけてくれた。光る幼虫を手の上にのせて、息子は大喜び。そして、言われているように、ほんとうに三十分ほどしたら、ショーが終了するように光はフェードアウト。アンコールをお願いしたいくらいだったが、自然は、そうはいかない。余韻に浸りながら帰路に着いた。

アウトドアと私

水着に着替えるのも水着から着替えるのも、嫌いだ。妙に窮屈で、ベタベタしたり、ねちゃねちゃしたり、裏返ったり、こんぐらがったり。その面倒くささを思うだけで憂鬱になる。はい、正真正銘のインドア派です。

が、石垣島で小学生男子を育てていると、ドアの内側ばかりにもいられない。浜辺のシュノーケリングや海釣りに続いて、ダイビング船を繰り出しての海遊びに出かけることになった。たぶん私の人生で、一番アウトドアな一日だ。

息子の同級生のご家族に誘ってもらった。ほかにも何家族かが一緒に船に乗り込んで、いざ出発。大人や高学年の子どもは、ダイビングを楽しむが、息子や私は、今日はシュノーケリング。ポイントからは、地元の小学校や私たちの住むマンションが見える。そんな身近な海なのに「ええええええーっ！」と思わず声をあげてしまうほど透明だ。海が透明だと、こういう感じになるのか、と初めて知った。「こういう感じ」とは、透明は透明なんだけど、空気の透明と違って、不思議な厚みを感じる透明なのだ。光の加減にもよるのかもしれないが、巨大なゼリーのように見える。

それでも、昨晩ソフトコーラル（軟質サンゴ）の産卵があったとかで「いつもは、もっと透明ですよ」とのこと。しかしゼロに何を掛けてもゼロであるように、この海にこれ以上の「透明」というものを想像することが、私にはできない。

魚の種類や数も、浜辺近くより豊富だ。水着を着て、さらにウエットスーツの着用（と、それを脱ぐ）過程は、やはりねちゃねちゃとこんがらがったが、その程度の面倒で文句を言ったら罰が当たるなというくらいの光景が、目の前には広がっていた。

息子は、シュノーケリングもさることながら、船の二階から海に飛びこむという遊びに夢中になり、何度も何度も「ひゃっほー！」と奇声を上げては、ヘンなポーズをとり、飛びこんでいた。はじめは尻込みしていた同級生の男の子も、あんまり息子が楽しそうなので、ついに「ひゃっほー！」の仲間入り。最後は、漫才コンビ「ダブルひゃっほー」と名づけてやりたいぐらい、飽きることなく海へのダイブを楽しんでいた。

お世話になったダイビングショップ「オーシャンブルー」のTさんが、「君たちの住んでいるところの海は、こんなにきれいなんだ。よく見て、覚えておいてくれ」と、笑顔で誇らしげに話しかけていたのが印象深い。子どもたちのことを考えて、今回はあえて住まいに近い海にしたそうだ。授業や説教で「海をきれいにしよう」と言われるのとは全然違う。皮膚感覚で子どもたちは、この海を汚したくないと思うことだろう。

さて、海から帰ったら次なるお楽しみ。やや高台にあるショップへ移動して、バーベキューだ。炭を起こすところから、子どもたちは興味津々。遠景に海を臨む最高のロケーションで飲む生ビールのおいしさよ！ この一杯にたどり着くために、私の今日はあったんだわと、泣けてくるくらい沁みる。

以前スキーに誘われて「夜になって暖炉の前でワイン飲むところから参加したい」と言って呆れられたことを、ふと思い出した。今回も、バーベキューから参加できればとひそかに思っていたのだが、それは間違いだった。生ビールを天国の味にかえるもの、それがアウトドアなのだ（たぶん）。

8番、ピッチャー大越くん

ＮＨＫのニュースウォッチ9のキャスター、大越健介さんのインタビューを受けた。石垣島の海岸で、初対面の場面を撮影するという、ちょっと映画みたいなシチュエーション。気恥ずかしい。そのうえ、実は私のほうは、初対面とは言いきれない。学生時代、何度も彼の姿を目にし、名前を呼んでいたのだから。

「8番、ピッチャー大越くん、ピッチャー　大越くん、新潟高校、背番号16」

東京六大学野球で、東大のピッチャーとして大越さんが活躍していたころ、私は場内アナウンス、いわゆるウグイス嬢をしていたのだ。早稲田のアナウンス研究会というサークルにいて、たまたま舞い込んだアルバイト。野球が大好きだった私は、迷わず手をあげた。

大越さんは、作家の新井満さんと会ったときに「俵さん、六大学のウグイス嬢やってたんだよ。同世代でしょ」と言われたそうだ。新井さんとは旧知の仲で、私は酔っぱらってウグイス嬢の芸（？）を披露したことがある。

「選手交代のときとか大変だったでしょう」。話は、いきなり野球のことで盛り上がった。「そうなんです！　緊迫した場面で、主審が早口で言う交代の内容を、整理して放送するのが、もうドキドキで。そのアナウンスを聞いて、電光掲示板の係の人が名前を打ち込んで、間違えたら大変なことになるんですよ」

「好きな選手とか、いたんですか？」と聞かれて、迷わず「阿久根（謙司）！」

「8番、センター阿久根くん、センター阿久根くん、早稲田実業、背番号28」

私の記憶違いでなければ、確かこんな感じ。ひときわ心をこめてアナウンスしておりました。その割には、彼のその後を知らず、「東京ガス野球部の監督を経て、今はFC東京の社長としてご活躍ですよ」と大越さんから聞いて、びっくり。J2に降格したところを引き継いで、みごとJ1復活へと導いたそうだ。私の目に狂いはなかった……と勝手な自己満足に浸るひととき。

当時大人気だった選手のモト嫁と私が、ひょんなことから友だちになったことなど、なかなか放送できないような話も弾み、撮影は順調に進んだ（と思う）。

インタビューは、震災をきっかけに、いろんな人生を歩んでいる人がいる、その一人として……というもの。これを書いている時点では、どの部分が放送されるのか、私にはわからない。が、大越さんに聞いていただくなかで、心が整理されたような気がする。だいたい次のようなことを話した。

今の私は「避難」で、石垣にいるという気持ちはなく、ここが気に入って住んでいる。避難という言葉には、ここではないどこかに自分のいるべき場所があるというニュアンスが漂うが、そうは思いたくない。

子どもに関して言うと、かつては「人に迷惑をかけない、自立した人間」になってほしいと願っていた。が、震災後は「迷惑はかけないほうがいいけれど、かけてしまうときには、周りからそれを許される人。自立も大事だけれど、人は結局一人では生きていけない。ならば、困ったときに助けてもらえるような、人とのつながりを、うまく築ける人」になってほしいと思うようになった。

大越さんや私は、子どものころは高度成長期、その後のバブルも経験した。幸せのモデルが、わかりやすい時代だった。今は、そういうモデルはない。だからこそ、人から見てではなく、自分が何を幸せと感じるかが問われているのではないかと思う。

刺し網漁

石垣に住んで一年あまり、一とおり四季を体験し、地域の行事にもほぼ参加してきた。おりおりに忘れられないものがあるが、今でも息子と二人で「あれは、すごかったね」と思い出す場面がある。

干潟で、びちびち跳ねる大きな魚。五十センチは、あっただろう。小学三年生の少女が「まちさーん、見てて！　こうするといいよ」。そう言うや、満面の笑みで、魚を踏みつけたのだ。ゴキッという音がしたようなしなかったような、記憶はあいまいだが、確かに魚は大人しくなった。

「大きいのはね、背骨を折ってから、手でつかまえるの」

ワイルドだろ～？　とは言わなかったけど、まことにワイルドな光景だった。

毎年ゴールデンウィーク中に、私の住む地域では、近くの海で「刺し網漁」が行われる。

そこでの、できごとだった。刺し網漁は、潮の満ち引きを利用した漁法で、海の沖合に一キロほどの刺し網を仕掛け、干潮になったときに逃げ遅れたり、網にひっかかったりした魚を捕獲する。

網にかかっているのは、手ではずせばいいし、逃げ遅れた魚も、手持ちの網などで比較的簡単に獲ることができる。子どもたちは、大喜びだ。連休中なので、観光客も多数参加。今年は三百人ほどの人出があった。

去年は、初めてで、おっかなびっくりという感じだった息子も、今年は、ヤル気まんまん。小さい魚なら、軍手をはめて、上手に手づかみ。大物のときは、岩陰に追い込んで網で掬（すく）っている。ミカン箱くらいのクーラーボックスが、あっというまに一杯になってしまった。

去年、足で踏むところを見せてくれた少女は、今年も大物をどんどんゲットしている。

「すごいね～」と声をかけると「半分、まちさんに、あげる」と言う。びっくりして、「いやいやいや、全部持ってかえりなよ。お母さん喜ぶよ」と言うと「それが、イヤなの……。晩ごはんが魚ばっかりになるから」。

獲るのは楽しいけど、おかずが魚つづきになるのは、避けたいらしい。しかし残念ながら、まちさんには、その魚をさばく技術がない。今年も、ママ友を頼ろうという魂胆だ（後日、息子の作文に「いいかげん、おかあさんも、魚をさばけるようになってほしいと思います。」と書かれてしまった。とほほ）。

ガーラやボラ、クチナジ、ハリセンボンなど、魚の種類もさまざま。中には、今から魚屋さんに売りにいくのかと思うほど、大漁の人もいる。

私は、干潟にできた水たまりのようなところを見るのが楽しかった。青く光るルリスズメダイや、名前はわからないが黄色と黒の縞模様の熱帯魚などが、チラチラと泳いでいるのが可愛らしい。よく見ると、タツノオトシゴも、けっこういる。まわりの海藻とそっくりの色で、静かにぶらぶらしている。沖に近い干潟では、かわいそうに、逃げ遅れたエイもいた。これは、海人（うみんちゅ）がうまく逃がしてくれて一安心。

どれも、去年の私の目には、見えていなかったものだなあと思う。

美ぎ島ミュージックコンベンション

初めて宮古島へ行ってきた。石垣島から飛行機で約三十分。島の住民だと離島割引という特典が使える。息子の小児運賃より安くて、びっくりした。

「美ぎ島（かぎすま）ミュージックコンベンション」という音楽のイベントに、大好きなバンド「きいやま商店」が出演するので、恒例の追っかけである。何かを徹底的に好きになるということは、世界を狭めるのでなく広げてくれる。きっかけがないと、インドア派の私が島に行こうなんて思いつかない。

西表島のライブのときには、終了後タクシーを呼ぼうと電話をしたら「営業は、午後五時までなんですよ～」と言われて腰が抜けそうになった。宿泊していたホテルの人に泣きついて、なんとか迎えにきてもらったことを思い出す。

それに比べると、宮古島は予想以上に都会だった。夜中まで流しのタクシーもいるし、中心部は「街」という感じだ。が、そこを少し離れると、さとうきび畑が広がって、澄みきった海が迎えてくれる。宿は、これまでのライブで仲良くなったきいやまファンの人たちと一緒。広い部屋を借りて割り勘にしたら、親子で一泊二千円という安さだった。レンタカーを借りて、みんなでドライブをしたり、ソーキそばを食べに行ったり。追っかけ仲間との交流もまた楽しい。

さて、イベントのほうだが、三日間にわたり野外ステージで繰り広げられる。三日目の会場はビーチなので、音楽を楽しむ合間に海水浴もできる。で、出演者の豪華さが半端ではない。石垣方言で言えば「はんまよーなでーじなってる！（なんとまあ、すごいことになってる）」という感じ。

キマグレン、ゴンチチ、山崎まさよし、大橋卓弥（スキマスイッチ）、八木のぶお、bird、古謝美佐子、宮沢和史……おっと、それから、きいやま商店。私などは、ただのミーハーなので、これぐらいしか名前を知っている人をあげられないが、音楽好きの人にはたまらない粋な面々が、これでもかというほど登場する。

南の島の野外ということで、アーティストたちがリラックスして、場の雰囲気を楽しんでいる感じが、とてもよかった。しかも普通のコンサートでは考えられないくらいの至近距離で聴けるのだ。山崎まさよしさんが「新曲をやるね……あれ、譜面が見つからない」と舞台上を行ったりきたりしていると、バックにいたゲンタさん（オルケスタ・デ・ラ・ルスのパーカッショニストにしてこのフェスの主催者）から「もう何年も参加しているのに、『one more time, one more chance』歌ったことないね」と声がかかった。「えっ、だって、暗いよ、あの曲。桜木町だよ。ここ宮古島だし……」なんて言いながら、ふっと歌いはじめたときには、会場のあちこちから悲鳴のような歓喜の声があがった。いやー、いいものを見たというか聴いたというか、この瞬間がイベントのハイライトの一つだったなあと思う。

偶然にも、私は友人のカメラマンとばったり再会。一年以上、週刊誌で旅の連載を一緒にして、今でもたまに飲む仲間だ。彼女は、このイベントを撮りはじめて六年になるという。おかげで山崎さんやキマグレンのお二人にも紹介してもらい、これ以上ないほどミーハー欲を満たされて帰ってきたのでした。

石垣島の竜神祭

「じゃあ俵さんは、インミズナ採ってきてね」イ、インミズナ？「あなたんちの前の海にあるから、よろしく！」

先日、地域の神事の一つである「竜神祭」が行われた。海の神様に一年間の平和を祈願するものだ。神様への供物が、いろいろ決まっていて、餅、米、酒などにはじまり、和え物、かまぼこ、赤く染めた玉子、揚げ菓子、いりこ、鯛、ニンニク……など恐ろしく種類がある。それ以外にも榊やらクワズイモの葉っぱ（最終的には、これに供物を包んで神前に置いてくる）やら準備するものの数が半端ではない。その和え物部門（?）の一つに「インミズナの和え物」というのがあって、材料の調達を私が任された。和え物には他にパパイヤ、もやし、ツノマタ（海藻の一種）、長命草、パンソー（ユリ科の植物）などがある。

だいたいあのあたり…と聞いていたところに探しに出かけたが「マツバボタンを大

きくしたような植物」インミズナらしきものは見当たらない。自力では無理と思って近所のおばあに教えを乞うと、またたくまに見つかった。確かに巨大なマツバボタンの風体だ。これ、食べられるのか……。

祭の当日は、早朝から公民館に集まって、和え物づくりをする。ほかにも、米を七回洗って風にさらすとか、ニンニクを3×9×3＝81かけら剥くとか、作業は山盛り。できあがった和え物をお盆に並べるにも、何をどこに置くというのがきっちり決まっている。神事って面倒くさ……いや、繊細なものなのだなあと驚く。

こういったことの全体を統括し、神様の前で口上を述べる役割をするのが「つかさ」と呼ばれる女性だ。さまざまな供物を捧げ、線香を焚き（この数がまた細かく決まっている）、つかさが神様への祈願をはじめると、カエルがいっせいにゲコゲコうるさいほど鳴き出した。つかさの声がその人の普段の声とは違う感じになって、ヒーッと泣き声のようなものがまじりはじめると、雷までゴロゴロ響き出して、なんだかもう映画を見ているようだった。

その神事が行われる場所というのが、今流行りの言葉で言うとパワースポットということになるのだろう。自然にできた洞窟のようなところで、かつては琉球王朝に献上するイラブー（ウミヘビ）を、ここで燻製にしていたという。通称は「いらぶがま」。

いらぶがまから、さらに二か所ほど移動するのだが、つかさの移動には米と塩を撒いてゆく。線香の匂いを嗅ぎながら、その光景の一員となって歩いていると、ずいぶん昔に行ったバリ島のことがふいに思い出された。バリでは、お葬式を取材させてもらったが、あのときと似た空気感がある。個人的で大ざっぱな感覚ではあるが、バリを思い出すこと自体、二十年ぶりくらいだ。たぶん何か皮膚感覚で共通するものがあるのだろう。

そして、お祭りそれ自体の大事さもさることながら、こうやってみんなが集まって心を一つにすることに意義があるのだろうなと思う。何かを手伝うところから、連帯感が芽生える。インミズナを任されたことには、それなりの意味があるのだろう。

そして和え物を作りながら、女たちのおしゃべりは無限に続く。「なぜ石垣のモヤシは高いのか」という私の素朴な疑問も、今回解決した。そのモヤシのことは来週……と思ったら、この連載は今日で終了だった。モヤシについては、いずれまた、どこかで！

リビングから見える風景。青空と夕焼けがせめぎあっている。

樹木の精霊「キジムナー」を思わせる子どもたち。

五、六年生の教室。全員が一番前の席だ。

リビングからの定点観測。この時間帯を、島の人はアコークローと呼ぶ。

リビングからの定点観測。一日として同じ色がない。

きいやま商店のライブ。彼らに出会って、石垣の暮らしが広がった。

花を見る時間が増えた。ハイビスカスの「花」は白と気づく。

雲を見る時間も増えた。朝日がバックライトのよう。

石垣にも冬はある。ベランダに来た小鳥。今朝は一羽で寒そう。

マンゴーと島バナナ。どちらも知人の庭からのいただきもの。

定点観測。今日の雲は、天使の羽。

定点観測。潮がひいている。大きな大きな水鏡。

海の帰りに、滝壺で遊んで潮を落とすのが石垣流。黄色いターザンが息子。

紫陽花っていう漢字は、こんな空から生まれたのかなあ。

定点観測。さようなら、今日の太陽。

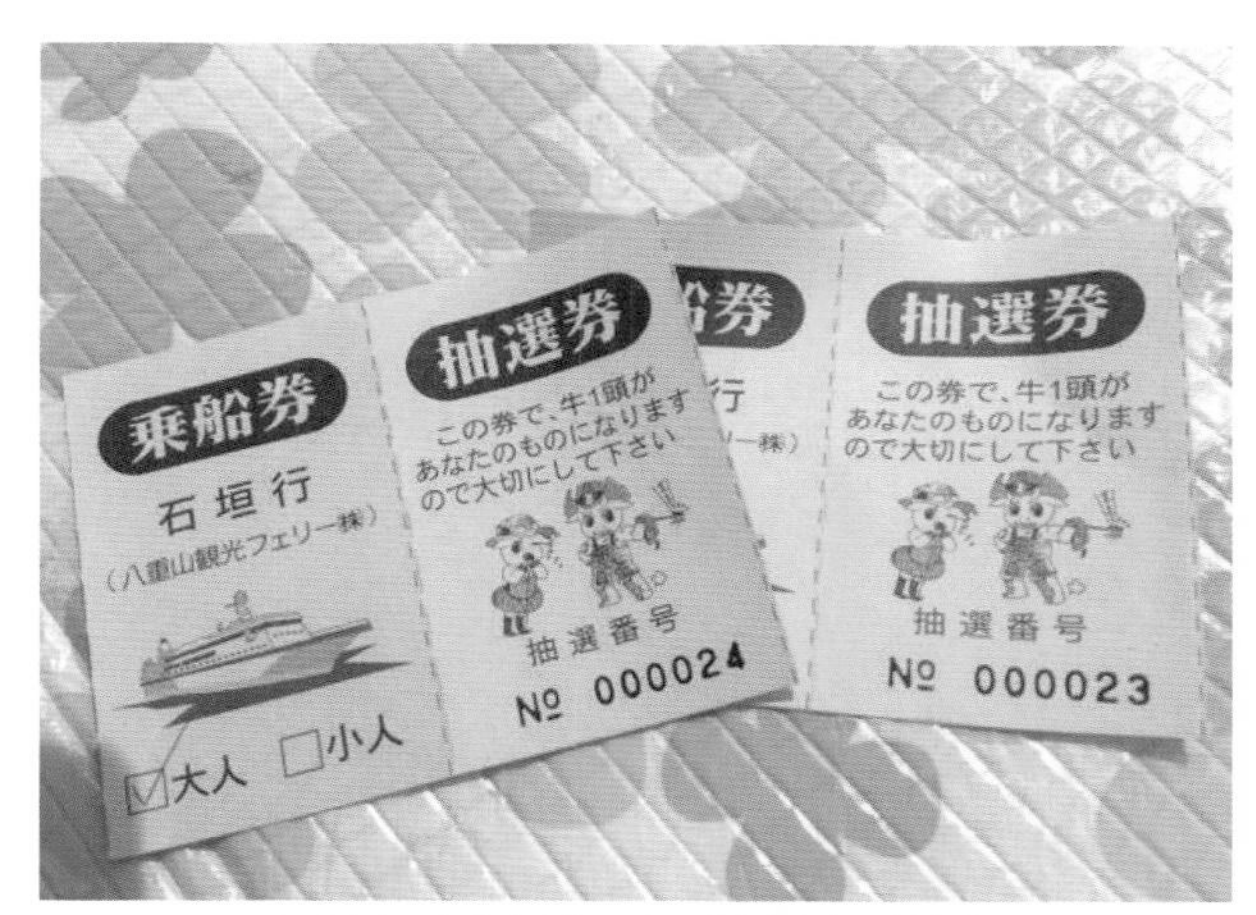

すごく当たりそうな気がする「牛祭り」の抽選券。

抽選会の一等賞品が、こちら!?

与那国島より暑中お見舞い申し上げます。

ちゅうくらいの言葉

歩く息子

小学四年生になった息子。一学期に大きな変化が訪れた。毎日家まで、歩いて下校するようになったのだ。

「そんなの、当たり前じゃない」と思われるかもしれないが、やや特殊な事情がある。我が家は、小学校から約三キロ。子どもの足だとけっこうな距離だ。それで私の友人が、朝は途中まで車で送ってくれている。本来なら私の役目だが、残念なことに運転ができない。同級生の家の前で降ろしてもらい、そこから一緒に登校している。

帰りは、その友人だけでなく、学校近くのレストランのご主人とか、ウチほどではないものの比較的遠方から通っている子どもを迎えにきた親御さんとか、誰かしらが息子を送り届けてくれる。愛称が「たくみん」なので、それをみなさん「たく配」と呼び、ことさらなお願いをせずとも毎日なんとかなってきた。まれに、誰にも見つけてもらえない日があると、息子から人の家のドアをたたいたり、通りかかった顔見知りの人に手をあげたりして、ちゃっかり帰ってくる。

まあ、それにしても、地域のみなさんに甘えすぎだなと思い、三年生になったときに「帰りだけでも、そろそろ歩いてみてもいいんじゃない?」と提案したことがあった。何回かは歩いたものの、かなり疲れるらしく、結局は「ちゃっかり」に磨きがかかり、事態は変わらなかった。

それが、である。今はクラブ活動のある日以外は、必ず歩いて帰ってくる。四月に転校生がきたのが大きな刺激になったようだ。

中学一年生と小学五年生の兄妹。二人は、我が家よりもさらに遠く、学校から四キロ以上のところから歩いてくるのだ。しかも、朝の登校まで!

親御さんは車も持っておられるが「送っちゃうとキリがないから」と、きっぱり。自分の甘さに恥じ入った。

その二人のはつらつとした様子を見て、息子も自分なりに考えたのだろう。特に私が言ったわけでもないのだが、時には一人で、時にはその兄妹と一緒に、歩くようになった。親に言われても入らなかったスイッチが、子ども同士の出会いのなかで、オンになったのだ。

「たくみん、我が家の前を通過中です」「今日も、たく配は必要なさそうです」「さっき、車に乗せようかって声をかけたけど、大丈夫って言っていきましたよ」

下校時間ともなると、通学路に沿うような感じで、次々とメールが届く。地域のみなさんのあたたかさに、あらためて気づく瞬間だ。気にかけながらも、手は出さず、息子のがんばりを見守ってくれている。

私はというと、帰宅時間が遅くなったぶん、おやつをなるべく手作りにしようと、心がけるようになった。ポテトチップスの袋を開けるのではなく、ジャガイモを揚げて塩をまぶす。息子への、ささやかなエールだ。

ポケモンカード

息子のポケモンカード熱が再燃している。同じクラスにカードゲーム好きの男子がいて、彼と勝負するのが楽しくてしかたがないようだ。このゲームをする適正な年齢になったということも大きいのだろう。

初めて息子がポケモンカードゲームに興味を持ったのは、まだ幼稚園児のころ。近所の小学生、そう、ちょうど今の息子くらいの年齢の男子たちが、毎日のように空き地で勝負していた。その様子を見て「カッコイイ！」と一目ぼれ。どうしてもやりたいというので、けっこう複雑なルールを、親子で学んだ。まずは私が理解して、噛みくだき噛みくだき、息子に説明する。背伸びしすぎの感は否めなかったが、カタカナの読み方や簡単な足し算、引き算は、すべてこのゲームのおかげでマスターできたのだから、なかなかの収穫だったともいえる。

小学生のお兄ちゃんと対戦してもらえるようになり、息子は大興奮。これは今思うと、かなり面倒見のいい小学生たちの好意だった。なんとかルールを覚えただけの（たぶんものすごく弱い）園児の相手を、してやっていたのだから。

現在の息子はというと、すでに私では歯が立たないほど強い。久しぶりに対戦したら、あっというまに負けてしまいそうになった。が、息子、それではつまらないと思ったのだろう。

「普通なら、ここで一気に攻めてやっつけるところなんだけど、オレは遊び心があるからやめとく」と情けをかけられてしまった。「遊び心」なんていう言葉をつかうようになったかと、それも感慨深い。

今は、デュエルマスターズというカードの収集にも夢中で、お年玉から少しずつ買っている。お目当てのカードが入っていることを願いながら、中身のわからないパックを開けるのだが、「花にたとえると、つぼみのときが一番楽しいんだよ」などと言う。翻訳すると「デュエマのカードは、パックを開ける前が一番わくわくする」ということらしい。つたないながらも比喩表現までつかうようになったかと、また母としては感慨にふける。

ちょっとショックだったのは「コレクションを無駄にしたくないから、集めたカードは、いずれ売る……オレが死ぬころ……四十歳くらい？　になったらね」という発言。特に早死にするという意味合いではなく、「自分が死ぬころ」＝「想像もつかないほど先のこと」＝「四十歳くらい」という感覚のようだ。

小学生からすれば、二十歳は、自分の二倍ほども生きた立派な大人。三十歳は、けっこうなオジサン……となると四十歳は、もう老人の域ということになるのだろう。

「実は、おかあさん、その四十歳を軽く越えてるんだけど」と、口には出さなかったものの、軽い衝撃を受けたのでした。

ちゅうくらいの言葉

『ちいさな言葉』というエッセイ集が、このたび文庫本になった。単行本には、この連載（「木馬の時間」）も収録されている。文庫本にするにあたって、新たにこの三年間の掲載分を増補した。久しぶりに読み返すと、幼い息子の言葉というのは、ほんとうにおもしろい。「背中で抱っこ」（おんぶのこと）とか「穴のあいた台所」（ツーウェイキッチン）とか。語彙が少ないぶん、手持ちの言葉の組み合わせで、なんとか表現しようとする。それが時に、詩の言葉のようにも聞こえる。

いまや小学四年生の息子、日本語はペラペラだ。それでも、「八方美人」の意味を知って（NHK教育テレビで解説をしていた）「がーん。オレ今まで、『どこから見ても美人』っていう意味だと思ってたよ」なんて言って、笑わせてくれる。

いっぽうで、けっこう鋭いことを言うようにもなった。友人が、とある集まりにお手製のクッキーを差し入れしてくれたときのこと。あとで彼女に「もう、みんな、アリみたいに群がって食べてたわよ。おいしかった。ありがとう」とお礼の電話をしていると、そばで聞いていた息子が割り込んできた。「おかあさん、アリは甘いものに群がるけど、その場では決して食べないよ。巣に持ち帰るんだから」——なるほど。群がるところまではアリに似ているが、食べてしまうのは、アリ的ではないというわけだ。

こんな息子だから、最近は算数の文章題で、しょっちゅう考えこんでいる。「ジェットコースターに並んでいる人が9人、観覧車に並んでいる人が27人います。」要は、27は9の何倍かを聞く問題なのだが「……おかあさん、これって逆じゃないのかなあ。観覧車に9人じゃない?」。確かに、息子の体験した遊園地では、必ずジェットコースターのほうが長蛇の列だった。しかし、そこで手を止めてしまっては、算数の問題がすすまない。

こんなこともあった。「416さつの本を、同じ数ずつ8箱につめます。1箱に何さつずつつめればよいでしょう」……「同じ数っていってもさあ、ぶ厚いのと薄いのがあるじゃん。オレの予想だと、入りきらない箱も出てくるけど、それでもいいのかなあ?」。

言われてみると、「同じ数ずつ」詰めるメリットは、ない。実生活では、箱がいっぱいになったら次の箱に入れるし、本の厚みによって、その数は変わってくる。

「ま、キミの言うことはもっともだけど、問題を出した人の気持ちを考えてみてよ」「わかる。416÷8を、計算してほしいんでしょ」「そのとおり！」「でもさ、ひと箱に52冊って、多くない？　文庫本かな」

「ちいさな言葉」を卒業した息子の「ちゅうくらいの言葉」も、なかなかに観察のしがいがあるのでした。

ばっくれベン

イギリスのレドバリーという都市で、詩のお祭りがあるということで招待していただいた。一週間ほどの旅、いい機会なので、息子も一緒に連れていくことにした。親子二人での海外は、初めてである。

恥ずかしながら英語がそれほどできないことを先方に伝えると、二年前まで日本に住んでいたベンという青年がいるので、空港やロンドンへの送迎、朗読会のときの通訳など、すべておまかせくださいとのこと。安心して出発した。

にこやかに出迎えてくれたベン。初日、私たち親子を宿まで送り届けてくれたところまではよかったのだが、なぜか翌日から姿を見せなくなってしまった。イベントの事務局の人は、意外なほど慌てず騒がず「まーそんなこともあるわねー。大学で日本語を勉強している子がいるから、彼女があなたを助けます」と言う。ティリーさんというその女子学生は、日本文化に深い関心を抱いていて、とても感じがいいのだが、短歌を訳す技量まではない。持参していた翻訳本の『サラダ記念日』から作品を選び、それを読みあげてもらうことにした。

息子と私は、いなくなった彼のことを「ばっくれベン」と呼び、何度か携帯電話の留守電にメッセージを入れたが、ついに返信はなかった。旅の後半でロンドン在住の友人に会ったのだが、彼女も「イギリスだからねー」と笑っている。イギリス人って、そんなにアバウトなんだろうか。

しかし、ばっくれベンのおかげで、ティリーさんと仲良くなれたことは大きな収穫だった。「私ハ豪邸ニ住ンデイマスネ。ゼヒ遊ビニキテクダサイ」……豪邸は、日本語の間違いかと思ったら、本当に豪邸だった。十五世紀に建てられたというお城のようなお屋敷に、公園かと見まがう広大なイングリッシュガーデン。なかでも息子が歓喜の声をあげたのは、中世に使われたという武器の数々だ。

「これは銃の時代に活躍したレイピア！　三銃士が使ったエペと似ているけど違うんだよねー。ハルバードは、突く・叩き切る・切るの三つの機能がついてるんだ。わあ、これは仕込み杖……意外と重いね！」

甲冑（かっちゅう）をつけさせてもらったり兜をかぶせてもらったりで、大興奮。これが旅のハイライトだったかもしれない。たまたま行きの飛行機で熟読していた本が、その名も『図説マニアックス5 武器百科』というもの。邸宅の中を案内してくれたティリーさんのお父さんも、日本の少年がなぜこんなにヨーロッパの武器に詳しいのかと驚いていた。

詩のお祭りの後は、レドバリーからロンドンまで、親子二人の汽車旅になった。乗り継ぎもあり、なかなかスリリングだったが、車窓から眺めるイギリスの田園風景の素晴らしさといったらない。これも、ばっくれベンのおかげだねと笑いあった。

ルンバ

お掃除ロボットといわれる「ルンバ」が我が家にやってきた。家事で一番好きなのは料理、次が洗濯、恥ずかしながら掃除がもっとも苦手な私。使っている掃除機の買い替えを検討した結果、以前から気になっていたルンバを購入することにした。

直径三十五センチほどの円盤型の機械が、ホコリを探知しながら部屋中を巡って吸い取ってくれる。さほど汚れていないと思っていても、髪の毛や細かいチリが、ごっそり取れてびっくり。何より素晴らしい（といっていいのかどうか、微妙ではあるが）のは、ルンバを作動させるためには、まず床の上のものを片づけなければならないという点だ。大きなものがあればぶつかるし、タオルや紙があると巻き込んで止まってしまう。消しゴムとか輪ゴムとか、ブロックのような小さいオモチャなどは吸い込まれてしまうので、これも要注意。なんだかんだいって、ルンバのスイッチを押すころには、部屋の見た目はかなりスッキリした感じになっている。

息子は興味津々で、「おい、ルンバ！　こっちにゴミが落ちてるぞ」「ルンバ、おりこうだねー」「おまえは、ほんと、ベッドの下が好きだなあ」などと、ほとんどペットのように声をかけている。

近所の子どもたちも珍しがって「おばちゃん、これ動かしてみて！」と目をキラキラさせて言う。チャラララッチャチャラー♪という勇ましい出発の音を鳴らし、グイングインとルンバが出動すると、子どもたちがぞろぞろその後をついてゆく。多いときは四、五人が連なって、なんとなくハーメルンの笛吹き男を思わせる行進だ。なかには、ぬいぐるみを乗せてみたりする子もいて、それはそれでクマのタクシーのようで微笑ましい。

あるとき息子が「ほうきを買ってほしい」と言ってきた。あって悪いものじゃないし、掃除を手伝ってくれるなら大歓迎だ。喜んで棕櫚（しゅろ）のほうきを一つ、手に入れた。で、息子は何がしたいのかというと、部屋のチリほこりを集めて、ルンバに吸い取らせたいのだった。けっこう複雑な動きをするルンバの行路を予測し、その通り道に、たっぷりのチリほこりを置いてやる。うまくいけば、立ちどまって嬉しそうに（？）ルンバが吸い取るということになる。このヘンテコな遊びに息子は夢中になり、ほうきの使い方も上達した。

「あのさー、ほうきで集めたそれを、チリトリに取れば、別にルンバ動かさなくてもいいんだけど。とってもエコだし、素敵なお手伝いになるよ」と、誰もが思うことを言ってみたのだが、それは通じない。

「ルンバのために集めてるんだから、ルンバに食べさせなきゃ意味がないじゃないか！」と憤慨している。そうか、チリほこりは、エサなんだね。

ルンバと息子の連携プレーで、我が家の床は、今のところなかなか綺麗に保たれている。

育児ことわざ

「泣きっ面は放置」「急いてはヘソを曲げられる」「花より団子虫」「一寸の虫にも五分立ち止まる」

題して「育児ことわざ」。子育てにまつわる教訓や「あるある」を、ことわざ風にまとめたものだ。よしたかちまみさんという人が「#育児ことわざ」のタグをツイッター上に作り、漫画家の瀧波ユカリさんが呼びかけたところ、続々と寄せられていて、これが滅法おもしろい。

1．泣く子は、しばらく放っておくのがよい。2．急ぐあまり、いつもは子どもが自分でやっていることに手を出したりすると、ヘソを曲げられ、かえって面倒なことになる。3．ポケットから大量の団子虫、なんてこともよくあるし、4．子どもは道端の小さな虫にも興味津々だ。瀧波さんは、三歳の女の子を子育て中だそうで「しかし男児の母達のことわざを見るにつけ、女児との違いに驚かされる。我が家の女児は棒には無関心だしポケットに虫は入れないし制止を振り切って走り去ることもないので、読んでて面白い、そしてそれ以上に恐ろしい…！ 全男児母に敬礼！」とつぶやいている。もちろん、棒や虫が大好きで、すぐに走り去る女児もいるが、大まかな傾向としては、男子ってそういうものだよなあと、つくづく思う。

私が笑ったベスト3は、「目くそ鼻くそ食うな！」「ねこにもこんばんは」「右の乳を吸われたら左の乳を差し出しなさい」。

多くの人が、おおむねパロディの手法で作っておられるが、なかには実際に役立つ豆知識的なものもある。「手の平熱いは眠いのしるし」「今日の二重は明日の発熱」「昼下がりの7度3分は夜の8度7分」。経験した人なら、思わず「そうそう！」と頷くことだろう。

読んでいてあんまり楽しいので、思わず私も作ってみた。「男子、危うきに必ず近寄る。」これはまさに日々の実感だ。自分の作ったことわざに、みんなが反応してくれるのも嬉しかった。以下、紙幅の許すかぎり優秀作を紹介してみよう。

「飯は食わねど菓子は食う」「雨降って傘ささず」「声を大にしすぎる」「寝た子は重い」「寝た子は助かる」「好きなおもちゃも七十五日」

どれも、育児の苦労のなかから生まれたものだが、くすっと笑えるのがいい。子どもって本当に大変で、本当に面白い。思えば、お菓子ばかり食べられたり、わざわざずぶ濡れになったり、なかなか寝なかったり、せっかくのオモチャに飽きられたり……日常のなかでは、けっこうイラっとくる場面である。でもそこに愛があるから、「とほほー」となっている自分をどこかで楽しめているから、笑いと共感を呼ぶ作品になるのだろう。読んでいると「ウチの子だけじゃないんだ。みんなも同じ苦労してるのね」と気持ちがラクになる。「#育児ことわざ」オススメです。

がんば

息子と一緒に追っかけをしているバンドがある。石垣島出身のいとこ兄弟の三人組「きいやま商店」だ。ファンとしてライブに足しげく通ううちに、彼らと一緒にラジオ番組をやらせてもらったり、CDのライナーノーツを書かせてもらったりするようにもなった。二〇一三年に発売となった四枚目のアルバム「ダックァーセ！」では、頼まれてもいないのに（！）作詞をしている。

元気の出る曲にはことかかないバンドだが、ラブソングがほとんどない。それなりに恋愛経験もあるようなのに、照れてしまって歌には結びつかないらしい。そこで私が書いてみようと思ったのだけれど、私の恋愛を歌ってもらっても意味がない。「がんば」というその曲のきっかけとなったのは、バンドの長男のリョーサだった。

リョーサの元カノジョが結婚したという話は、前にも聞いていた。が、あるとき「子どもが生まれたらしいんです」と言ったときの、彼の表情がなんともいえなくて、胸につきささるような感じがした。そして、結婚を聞いたときよりもいっそうの幸せを願い、喜んでいることも伝わってきて、非常にせつなかったことを覚えている。

と同時に「男の人って、そうなんだ！」と驚きもした。新しい発見だった。つまり、彼女と自分の距離を絶望的に確信するのは、結婚よりも出産なのだ。女性のほうは、元カレがパパになったと知っても、それほどの衝撃はないような気がする。

「がんば」は、リョーサをモデルにしつつ、「言葉は色あせない」というテーマも持つ歌となった。彼女との関係は終わり、時代や風景が変わっても、彼女が自分に与えてくれた元気は、さかのぼってゼロになるわけではない。たとえば口ぐせだった「がんば」という言葉は、今口にすれば、そのときの鮮度で蘇る。

書き上げて、何の前ぶれもなくメールで送った歌詞を、幸い彼らも気に入ってくれて、素晴らしいメロディをつけてくれた。

弟のマストによると「にいにいの場合、歴代の彼女が、みんなそう。にいにいと別れたあと、すぐ結婚して子ども授かって、幸せになってる」とのこと。ライブなどでその話になると、隣からいとこの大ちゃんが、すかさずツッコミを入れる。「だから、幸せになりたいと思っている女性のみなさん、いったんリョーサとつきあってみてください！」。

アルバム「ダックァーセ！」の中では曲順四番目に収められた「がんば」。それを見た息子のひとことに、ちょっとぐっときてしまった。

「……四番か。おかあさん、ホームラン打てよ」

ホームランとまではいかなくても、ヒットになればなあと思っている。興味を持たれた方は、ぜひ聴いてみてください。

「きいやま商店」は子どもにも大人気。

オレがマリオ

先月、息子が十歳の誕生日を迎えた。この連載が始まったのが、三歳になる前のことだから、読者のみなさんには七年あまりにわたって、息子の成長を見守っていただいたことになる。『木馬の時間』を読んでいるので、なんだか親戚のおばちゃんみたいな気持ちよ」と声をかけていただいたこともあった。

揺れながら前へ進まず子育てはおまえがくれた木馬の時間

この一首からとったタイトルだったが、あいかわらず気分は「木馬」だ。とはいえ、今や同級生と徒党を組んで秘密基地ごっこをしている小学四年生。八年前の幼児の面影はない。同じところで揺れているようで、少しずつ進み、らせんを描くように成長の階段を上っているのだなあと思う。

友だちや近所の人から盛大に祝ってもらった誕生パーティ。終わった後に「今月は、あと地味に過ごすしかないな」とぽつりともらした。十歳なりに人生の機微（？）を感じた瞬間だったかもしれない。
同じ先月、私のほうは八年ぶりとなる歌集『オレがマリオ』を出版した。息子の年齢でいうと、二歳から九歳まで。ほぼ「木馬の時間」と重なっている。

ぼくの見た海は青くなかったと折り紙の青持ちて言うなり
ボタンはめようとする子を見守ればういあういあと動く我が口
振り向かぬ子を見送れり振り向いたときに振る手を用意しながら

初めて見た海。不器用で、うまくはめられなかったボタン。バスに向かって、一目散に駆けてゆく背中。子どもの歌は、言葉で記録したアルバムのようでもある。

「オレが今マリオなんだよ」島に来て子はゲーム機に触れなくなりぬ
クワガタを探しにゆけりパイナップル畑のパインの中のクワガタ

子どもらはふいに現れくつろいで「おばちゃんカルピスちょうだい」と言う

震災を機に、移り住んだ石垣島。今度の春で、まる三年になる。さまざまな偶然が重なって、たどりついた島だったけれど、住み続けているのは偶然ではない。圧倒的な自然のなかでの冒険は、ゲームの主人公マリオのような毎日。ゲームとの違いは、パイナップルの葉のちくちくや、果汁の匂いや、畑を吹いてくる風を感じることだろう。

子どもを通して、地域の人たちとは家族ぐるみのつきあいだ。私が仕事で出張するときには、みなさんが交替で息子を預かってくださる。おかげで母ひとり子ひとりとは思えない、にぎやかな日々を、彼は味わっている。

そんなわけで、息子十歳、元気に育っております。

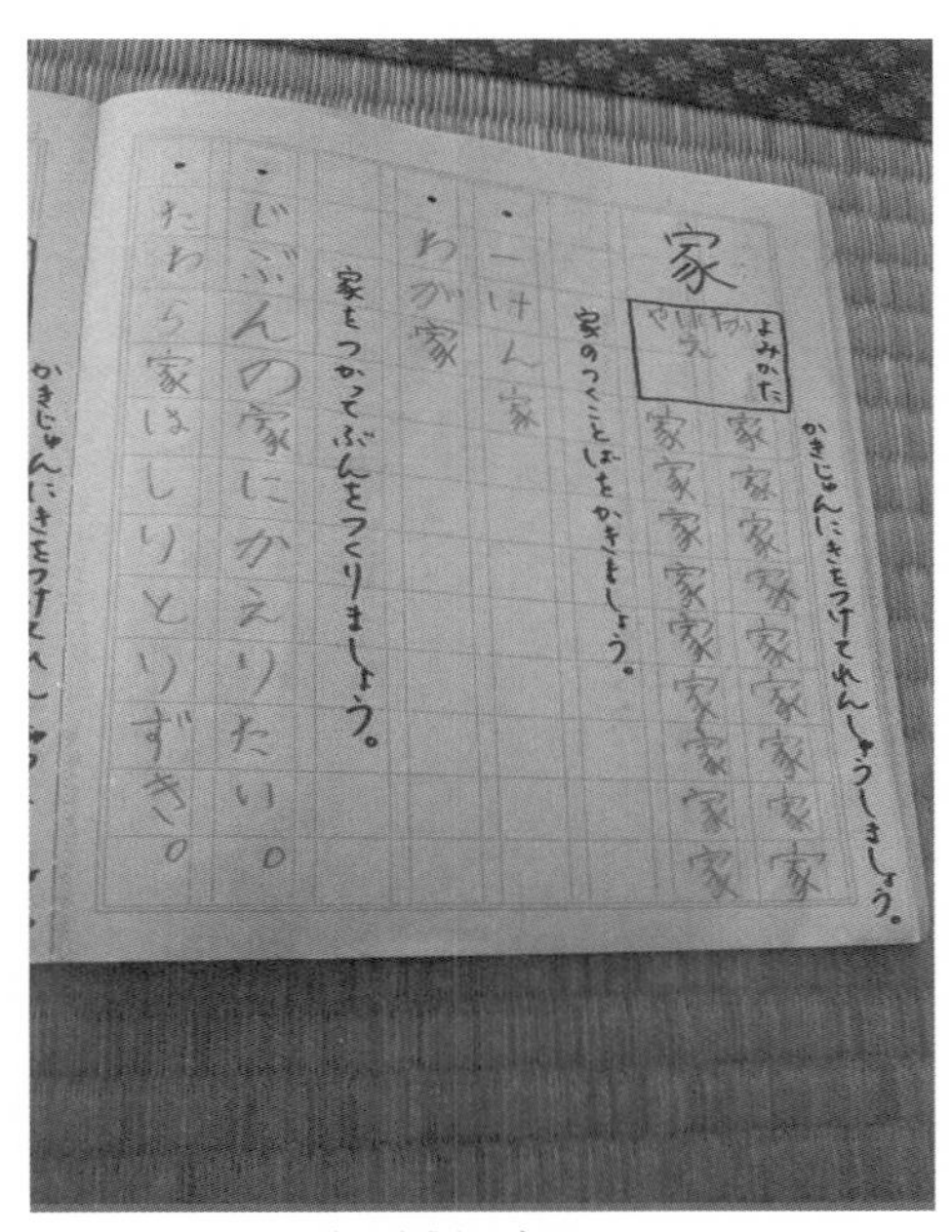

三年前、避難中の息子のノート。

旅の人、島の人

冬から春へ

石垣島に住んで二年になる。気温が二十度を切ると「寒いな」と感じる南の島だ。と言うと、年中夏で、四季折々の変化に乏しいと思われそうだが、決してそうではない。確かに夏は長いけれど、だからこそ短い冬の印象は鮮烈で、春の訪れを（とても過ごしやすい季節でもあるので）人々は楽しみにしている。

めったにないことだが、冬、気温が十度以下になると、島が震え上がる。移住してきた当初「ダウンのジャケットなんて、持ってくる必要なかったかなあ」とつぶやいた私に、島の人がニヤニヤしながら言った。「そんなふうに思うのも、今のうちさー」。ほんとうに、そのとおりだった。暑さに慣れた体は、寒さにはめっぽう弱い。ダウンジャケットは荷物に入れてきて正解だった。

からだが南国仕様なのは、人間だけではない。ふだんあたたかい海で暮らしている魚たちも、そうだ。気温が十度を切るほどの極端な寒さになると、仮死状態になってしまい、浜辺に打ちあがる。完全に死んでいるわけではないので、鮮度は抜群。寒風のなか、完全防備の姿で、魚を拾う人たちを見かける。今夜のおかずが落ちているのだから、見逃す手はない。こういうとき、自分にも、魚をさばく技術があったらなあと思う。島に来て、釣りのまねごとも始めたが、さばくのは人まかせ。情けない状態だ。

話はそれるが、釣りで捕まえてきた魚は、仮死状態ではなく、完全な死体。あたりまえといえば、あたりまえなのだが、そのあたりまえをリアルに感じるようになった。魚屋さんで魚を見ても「死体だ！」とは思わないが、今日釣った魚を見ると、それが死体なんだという感じがものすごく迫ってくる。手元でぴちぴち跳ねていた感触が、生々しく残っているからだろうか。

本日が命日となる魚らの死体いただく生姜刻んで

さて、石垣島にいて、春の訪れをもっとも感じさせてくれるのは、花でもなければ、鳥でもない。それは、海藻たちである。二月から三月にかけてはアーサーが、三月から四月にかけてはモズクが採れる。

出はじめは可食部が少ない。逆に育ちすぎるとおいしくない。ちょうどいい収穫の時期と、潮の加減を見ながら、人々は海の岩場へと繰り出す。

「今日あたり、行くよ！」とご近所さんに声をかけてもらえば、いそいそとザルを持って出発だ。もちろん日焼け対策は万全に。春先の薄曇りでも、あなどれない。初めての春、私は半日海に出て、日焼けで首のうしろの皮がむけてしまった。

澄んだ海水のなかに、ゆらゆらと若々しい緑をそよがせているアーサーたち。それらを草を摘むように採ってゆく。風はあたたかく、水はほどよく冷たく、採るのは苦にならないのだが、面倒なのは、根元に付いている細かい砂利を落とす作業だ。そういえばこの感じ、何かに似ているなあと思ったら、幼いころのつくし採りだった。つくしも、野原で摘むのはいいのだが、ハカマをとるのが面倒くさい。

たくさん採ったアーサーは、天日に干すか冷凍で一年もつので、気合の入った人は、一年分を収穫する。モズクも冷凍が可能で、我が家の冷凍庫には、まだ去年のモズクが入っている。夕飯にもう一品ほしいなというようなとき、酢の物はもちろん、天ぷらにしたり、味噌汁にしたり、なにかと便利だ。息子は、鍋物にモズクを入れると、たいそう喜ぶ。

今年の初アーサーは、手帳を見ると二月の十四日だった。私は採るほうには参加できなかったのだが、ご近所さんから「たくさん採って、今から天ぷらにするからおいでー」という嬉しいお誘いを受けた。

粉はつなぎ程度で、目にも鮮やかなグリーンの天ぷらに仕上げる。あちこーこー（こちらの方言で、あつあつの意）のアーサーは、海の香りいっぱいで、塩さえつけなくていい、とびきりの味。それをつまみに、庭に出したテーブルで生ビール。はー幸せーという瞬間だ。テレビでは、東京に今年何回目かの雪が降るかもしれないというニュースが流れていた。そんな時期に、春を感じながら外で飲んでいられるのだから、優雅というか呑気というか、南のほうの人が楽天的になるというのは、わかるような気がする。

アーサーの季節が終わると、続いてモズクが我々を海に呼ぶ。これを特に息子は、心待ちにしている。二年前、初めて島に降り立ったときが、ちょうどその時期だったので、印象が鮮烈なようだ。

東日本大震災のあと、余震と原発が落ち着くまでと思い、息子と私は、住んでいた仙台をひとまず離れた。那覇に二週間ほど滞在していたのだが、不安定な私の精神状態が影響したのだろう。息子には指しゃぶりや赤ちゃんがえりの症状が出はじめた。これはまずいと思い、石垣に移住していた友人を頼って、島に来たのだった。

こころよく迎えてくれた友人夫婦が連れていってくれた近くの海。そこでモズク採りをした。海に足を浸し、夢中になってモズクを探す。密集しているところを、息子は「モズクの森！」と呼んで、おおはしゃぎ。食べられると聞いて、海水で洗ったモズクをおそるおそる口にしたときの、「うめぇ！」の顔が忘れられない。同じ浜辺に来ていた近所の子どもたちと、鬼ごっこや砂のかけあい。ほんとうにその一日で、息子は劇的に蘇った。

「ここで子育て、ありかも」と思ったのだから、私にとっても劇的な一日だったにちがいない。暮らしてみると、モズク採りにちょうどいい日が、いかに限られているかがわかる。縁というものを感じずにはいられない。


それは春、モズクの森を探しゆく子は生き生きと足を濡らして

島のことば

「だからよー、まるまーさんさ、食べてみるべよ」。

小学生の息子は、すっかり地元の言葉に馴染んでいる。「まる」はvery、「まーさん」は「おいしい」の意、「だからよー」はナゾの間投詞で、接続詞の「だから」とは働きが違う。間の悪いときなどに「んもう!」みたいに使用されることもあれば、なんとなく話の接ぎ穂として投入されることもあれば、「ごもっとも」的な相づちのときもある。遅刻したことを咎められた人が「だからよー」と言い、それで会話が終了したときには驚いた。私は、その後に説明や言い訳の言葉がくると思っていたのだが、これなどは「あなたの怒りはごもっとも」という感じの使いかたなのだろう。

石垣島に来てわかったのだが、ここは八重山諸島。本島とは違う言葉が数多くあり、「沖縄の方言」というふうには一くくりにできない。そして八重山の島々の中でもまた、さまざまな違いがある。

那覇空港に到着すると「めんそーれ！」という横断幕が目に飛びこんでくる。これはご存じの人も多いだろう。英語ならウェルカム、ようこそ！　の意味である。そして石垣島の美崎町という繁華街の入り口には「おーりとーり　石垣島」という文字が掲げられている。これを見て、そこが「おーり通り」という名前のストリートなのだと勘違いする観光客は少なくない。が、これこそが石垣方言での「ようこそ！」だ。初めてその文字を見たときに、友人に聞いたら「おーりとーり？　まあ、いらっしゃいませってことかな」と言われたので、私はずっと「めんそーれ＝ようこそ」「おーりとーり＝いらっしゃいませ」という使い分けがあるのかと思っていた。これが黒島だと「わーりたぼーり」（少し似ている）、宮古島に行くと「んみゃーち」（似ても似つかない）なのだそうだ。

沖縄本島では、畑のことを「ハル」と言う。畑で働く人は「ハルサー」だ。それが黒島では「パタキ」、宮古島では「パリ」。わりとポピュラーな冗談に「宮古の○○は、ゴールデンウィークにパリに行くってよ」というのがあったりする。

私は大阪生まれで、中学生のときに福井へ引っ越した。そのときの「福井弁体験」のことを、あらためて思い出す。「べとにばいちくさす」というような方言は、単語の対応を知れば解決できる（「泥に棒を突き刺す」という意味です）。が、その地方独特のニュアンスを持つ表現は、文脈や場面を数多く体験することでしか理解できない。特に面倒なのは、自分が知っているのと同じような言い回しなのに、意味合いが違うという場合だ。たとえば福井弁では、「ですって」という表現を、伝聞ではなく断定（をやや曖昧に）するときに使う。

「俵さんに、ぜひともこの役目をやってほしいんですって」というふうに言われて「ん？　誰が？　誰がそう言ってるの？」と思ったものだが、これはその本人が私にお願いしている。「やってほしいんです」と、きっぱり言いにくいようなときの婉曲表現なのだ。

石垣でも、これと似たような言い回しに出合った。「しましょうね」と言われて「レッツ」の意味かと思ったらそうでなかったということが、何度かあり、これも婉曲表現なのだと気づいた。ただし、相手ではなく自分がするときに使うというのが独特だ。子どもに向かって「そろそろ、お片づけしましょうね」と言う場合は、子どもに片づけをうながしているわけだが、石垣の「しましょうね」は、そうではないところがややこしい。

宅配便のお兄さんが大きな荷物を抱えてやってくる。「重いから、玄関の中に入れましょうね」と言って入れてくれる。ついでに東京へ出す荷物の集荷を頼むと、「今日中にセンターへ持っていきましょうね」となる。一緒に持っていくわけでもなく、私が持っていくようにうながされているのでもなく、お兄さんが「オッケー、持っていくよ」と言っているのだ。会合で「そろそろ帰りましょうね」と言ったら、一緒にではなく、その人がおいとまするという意味になる。

「インチキ」もよく使われるが、ニュアンスが微妙に違う。私などはインチキというと「イカサマ」「詐欺」「ペテン」に近い、人を欺く不正というイメージを強く持っている。が、こちらでは、けっこう軽いノリで言う。子どもがお菓子の数を数えて「あー〇〇のほうが一個多いよ。インチキー」という感じ。つまり、ちょっとズルイとか不公平なことへの不満の言葉として出てくるのだ。

「上等」も、なかなか慣れなかった。「可愛いTシャツつけてるねー。上等ねー」などと褒められると（「つける」は着るの意味です）、「いや、たかがTシャツですから……」と言いたくなる。身に着けるもので「上等」というからには、カシミヤとかシルクとか、なんというか品質が高級なものでなくてはと思うのだ。が、こちらでは比較的頻繁に「いいね！」ぐらいの意味で登場するのが「上等」という言葉。そして守備範囲がきわめて広い。物の品質だけでなく、人柄とか（あそこの長男は上等さー）、髪型とか（パーマかけて上等になったね）、行為とか（一生懸命やって上等ね）にまで使うことができる。

素敵だなあと思った表現は「あとからね」だ。別れ際「あとからねー」と言われて、「ん？　この後、なにか約束してたっけ？」と初めは戸惑った。これ、実は「さようなら」の意味なのだ。英語の「シーユーアゲイン」、中国語の「再見」にも通じる発想。別れの言葉が、直訳すると、もう一度会おうねという意味になっている。なかでも「あとからね」は、次に会うまでの時間が、とても短い感じがするのがいい。

島ことば一つほどけてわかる朝ヤモリするりと部屋に入りくる

それでは、また。あとからねー。

アンガマの夜

石垣島では、先祖を祭る行事が盛んだ。なかでも十六日祭とアンガマは盛大に行われる。前者は、あの世の正月ということで、お墓の前に一族が集まり、先祖とともに大宴会。多くの学校や会社が、午後は休みになるほどだ。後者は旧盆の行事で、夏、私は友人の実家で見せてもらうことができた。去年に続いて二回目のことだ。

旧盆の迎え日(ウンケー)なればアンガマを我は見に行く少しうかれて

行事のメインは、グソー(あの世)からの使いとされるウシュマイ(爺)とンミー(婆)が、各家庭をまわり、仏壇の前で一族の繁栄を願うというもの。早めに友人宅に到着すると、親戚の子どもたちが集まっていて、にぎやかにぎやか。ああお盆だなあという感じがする。

しばらくすると、脚付きのお膳に、軽い食事が出された。じゅーしー（炊き込みご飯）、アーサーと豆腐と白身魚のおつゆ、キュウリとタコの酢の物、といったメニュー。どれも、しみじみおいしい。

じゅーしーは、今年米寿を迎えるというおばあちゃんの自慢料理。豚肉、ひじき、人参、しいたけなどを豚とカツオのダシで炊いてあるそうだ。そこにピパーツの葉が混ぜ込んであるのが石垣らしい。ピパーツは、ペッパーの語源とも言われている島胡椒。石垣島では、実だけでなく葉っぱもよく料理に使われる。

「ピパーツの香りが効いていますね」と言うと「今年は台風でやられてしまって、探すのが大変だったんよ」とのこと。おばあちゃん自ら、葉っぱを摘んでいるのだ。アーサーのおつゆには、食べる直前にすりおろした島の生姜をたっぷりと。酢の物の酸味は、シークワーサーという、これも石垣島に多く自生する柑橘系の果実。カボスやスダチに似ているが、酸味がとてもまろやかで、私は毎日泡盛に絞っている。ガン抑制効果のある成分も含まれているとか。

一品一品に、石垣らしい香辛料が効いていて、そのどれもが体によさそう。もちろん素材は、アーサーや豆腐、キュウリやタコにいたるまで、島の産。ここにいると、食べ物が口に入るまでの道のりが、とても短い感じがする。

話はそれるが、私が一番愛用している島のハーブは長命草だ。あるとき近所の男の子が、道端の草を指して「これ、食べられる葉っぱ。あれ、触るとかぶれる葉っぱ」と息子に教えてくれた。その「食べられる」ほうが長命草だった。スーパーで買ったものしか食べたことのない息子が興味を示し、何枚かをちぎって持ち帰り、チャーハンに入れてみたら、なかなかイケる味。スイートバジルに近いような風味で、緑が濃くて、これまた体によさそうである。

島の人に聞いてみると、刻んで刺身のツマにしたり（防腐の効果あり）、そのまま天ぷらにしてもいいという。カルパッチョやパスタに使ってもオッケーだ。親子でハマって、時々学校帰りに息子に摘んできてもらっていたのだが、ある時こんな恐ろしい話を近所の人がしてくれた。

「万智さん、道端のは気をつけたほうがいいよ。おじいが除草剤まいてたりするからね。何年か前、ウチのヤギが、知らずに食べて死んじゃったさ」

以来、庭で栽培している人のを分けてもらうようになったのだが、あまり頻繁に行くものだから、「いっそ根っこから持っていったら」と言われ、株分けしてもらったものを、今は自宅前で育てている。

さて、そうこうするうちに、いよいよアンガマ登場の時間になった。どこの家にでも来るというわけではないので、近所の人たちや、なかには観光客とおぼしき人たちまで集まっている。

ウシュマイとンミーは、ひょっとことおかめをさらに親しみやすくしたような風貌の面をかぶり、ファーマー（子孫）と呼ばれる踊り手を、ぞろぞろ連れてやってくる。ファーマーは浴衣姿で、花飾りのついた笠をかぶり、顔は布で覆い隠している。二十人はいるだろうか。三線（さんしん）や唄も生演奏で、ニンブチャー（念仏踊り）などを一時間近く仏壇の前で踊ってくれる。その合間には、ウシュマイと観衆とのやりとりがあって、これが目玉の一つだ。

「ウシュマイ！　熱中症対策はしているの？」「グソーには太陽がないから大丈夫さー」「ンミー！　どうしたらお金が貯まる？」「一番のコツは、つかわないことだね」といった軽妙な掛け合いに、笑い声が湧く。

後生（グソー）から来たる爺（ウシュマイ）裏声に語るあの世のバリアフリーを

仏壇に目をやれば、お供え物にサトウキビやパイナップル。いかにも石垣らしい。黄色い紙の束がどんと置かれているのは「ウチカビ」といって、あの世のお金なのだそうだ。その仏壇に向かって左側には、昨年は友人の父親世代の男たちが座っていたが、今年は、バンドをやっている息子世代の三人が座らされている。そろそろおまえたちが仏壇の面倒を見なさいということなのかもしれない。

特に長男坊の友人は、音楽をしながらも、「オレは仏壇を見んといけんから」とか「先祖があってのオレたちだから」とか、しょっちゅう言っている。若いのに（まだ三十代）古臭いなあと思っていたけれど、こういう行事の時間に身を置いてみると、実感としてわかるような気もする。

先祖を確かに感じるということは、子孫を確かに感じることでもあるだろう。それは、百年、二百年先の未来を見つめる目にもつながる。今の日本に、大きく足りないものの一つが、そういう眼差しではないだろうか。百年先を視野に入れている政治家っている？　そんなことを考えながら、アンガマの夜は更けていった。

島の披露宴

石垣島の大きな行事の一つとして「豊年祭」がある。収穫への感謝と豊作への祈願を込めたお祭りで、地域ごとにだいたい七月から八月にかけて盛大にとりおこなわれる。

今年、私は自分の住む地域の豊年祭で、司会を担当した。引っ越してきて三年弱、こんな新参者がつとめていいのだろうかと思いつつも、地域のみなさんの信頼を感じて、心から嬉しく、これは精一杯やらねばと張り切った。学生時代は、アナウンス研究会というサークルに所属しており、六大学野球の場内アナウンスや高田馬場駅での構内放送、選挙カーに乗ってのウグイス嬢などなど、声を使ったアルバイトの経験はある。大阪生まれのお笑い好きの体質もあり、当日は大いに盛り上げることに成功した（と思う）。

さて、今回の本題は、ここからだ。必死の司会っぷりを見ていた、地元の公民館長さんに私は見初められ「この秋、息子が結婚するので披露宴の司会をしてほしい」と頼まれた。大役をまっとうできた高揚感もあったのだろう、披露宴ならプログラムにそって台本読めばいいだけじゃん、と軽い気持ちで「よろこんで！」と答えてしまった。ちなみに公民館というのは、正式には構造改善センターという名称で、地域の要となる存在。歴代の館長は地元の名士である。

そして引き受けてしまってから知ったのだが、こちらの結婚披露宴というのは、それはそれは盛大に催されるのだった。顔合わせということで食事をした新郎新婦が、私があまりに呑気にかまえているので心配になったのか、「一度、本物を見られたほうが……」と彼らと同じホテルでの披露宴を見学する機会を設けてくれた。勉強というよりは好奇心で出かけたのだが、行ってみてびっくり。舞台袖には三線、太鼓、笛などを演奏する「地謡（じかた）」さんが陣取っての生演奏。その横には、ホテルの関係者が二人、会場内の数か所に設置されているモニター画面を見ながら、てきぱきと指示を出している。このモニター担当と司会者がつながっているらしく、「うーん、キャンドルサービスのタイミングが……」とか「バルーンの設置に時間かかってます！」とか、非常に大変そうだ。この日の司会は、地元のラジオ局のアナウンサーで、聞けば「司会は、ほとんどプロがやりますね」とのこと。ううむ、これは私の力量をはるかにこえたことを引き受けてしまったようだ、と一気に不安になる。

招待客は三百人から五百人、お色直しは二回、そして余興につぐ余興……。さすがは歌舞音曲の盛んな芸能の島、人々が余興にかける情熱はすさまじく、新郎新婦が、けいこ中にねぎらいの差し入れをしたりもするらしい。凝った出しものが多いぶん、準備に手間取ることもままあり、そのあたりを司会の人が、実にみごとに場つなぎをしている。

焦りを感じた私は、さらに新婦の勧めにより、いくつかのＤＶＤを借りることにした（この時点で彼女が「なんでお義父さん、こんな素人に！」と思っていたことは想像にかたくない）。いずれも二枚組の立派なＤＶＤが手元に届く。長い挨拶などは早回しにして、司会者をメインに観賞するが、いずれおとらぬツワモノぞろい。なかには、自らが三線を弾いたり、おめでたい民謡を一節披露したりする人もいる。場つなぎにもさまざまあって、薬指やウエディングケーキにまつわる蘊蓄（うんちく）を披露したり、会場の出席者のほうに来て、インタビューをしてみたりと、どこまで器用なんだ！というう感じ。こういう司会者を派遣する専門の会社もあるらしい。ちなみに、見学したおりにホテルのブライダル担当者に「あのー、マニュアルみたいなものは、あるんですか?」と聞くと「それは、司会者それぞれの方がお持ちです」と、そっけない。そのマニュアルこそが企業秘密というか、司会をする人の知恵と経験の蓄積なのだろう。『ああ、沖縄の結婚式!』(玉城愛)という、結婚式の司会歴十一年の著者による本を読むと、さらにDVDではわからなかったことも明らかに。開宴前から、みんながお酒を飲むのは、当たり前。新郎新婦のご両親は主役級の扱い(内地では、招く側として末席にいることが多い)。そういえば、どのDVDでも、まずは両親と新郎新婦が並んで、ひな壇の前で紹介されていた。余興は、やはり非常に重要で「余興の練習といえば、残業を免除される」という会社もあるそうだし、盛り上げのプロ、つまり新郎新婦とは縁がなくても、雇われて余興をする人もいるとか。

それにしても大丈夫か⁉ 私! その披露宴にも招かれている友人に相談すると「まずは、なぜあなたが頼まれたかを考えなさい」とのアドバイス。「ただ巧いだけなら、もちろんプロのほうがいいに決まっている。そこをあえてあなたに出てもらうというのは、『有名人』だからなの。早い段階で『サラダ記念日の人』ってわかるようにすることね」とまことに冷静な判断。自分としては、豊年祭での仕事ぶりを買われ

て と 思いたいところだが、プロ司会者には及ぶべくもない。
しっかりものの新婦も、よく心得ていて「私、万智さんの歌集から好きな短歌を選んで、当日のプログラムに印刷してもらおうと思うんです」とのこと。それを利用して、自己紹介することにしよう。そして、進行の途中で時間があったら、こんな歌をプレゼントするのも、いいかもしれない。

「寒いね」と話しかければ「寒いね」と答える人のいるあたたかさ

新婦のほうはどんな短歌を選ぶのだろうと思ったら、ちょっとはにかみながら「これが今の心境です」と耳元で囁いてくれた。

何層もあなたの愛に包まれてアップルパイのリンゴになろう

披露宴は来週に迫っているが、こんな初々しい選択をする花嫁のためにも、なんとか頑張らねば、と思っている。

リビングからの定点観測。近くに夕陽の名所がある。

雲と会話する息子と同級生。

刺し網漁。水色の海人見習いが、息子。

ヤギと追いかけっこ。

授業参観。黒板よりも窓からの風景に目がいってしまう。

風呂場にいたヤモリ。ブローチみたい。

通学路にバナナ発見。

息子と訪ねたイギリス、ザ・ロンドン。

レドバリー駅。通訳者が行方不明になり、ここから息子と二人、ロンドンを目指した。

近所のヤギ。

豊年祭の旗頭を立てる練習をする子どもたち。

天ぷらのアーサーも奥のイカも、近所の海でとりました。乾杯！

いただきもののパイナップル。種類もいろいろ。

友人の家でアンガマを見る。お面をかぶっているのがウシュマイとンミー。

毎年、梅雨のころ行われるハーリー。船で競争をし、豊漁や海の安全を願う。

旅人の目のあるうちに見ておかん 朝ごと変わる海の青あお

読書日記から

『「あの日」からぼくが考えている「正しさ」について』

今年の三月十一日、当日はもちろん、その前後もテレビをつけるのは極力避けていた。たぶん、不意打ちのように震災の映像が流れてくるだろうから。小学生の息子には見せたくないと思った。

去年の三月中旬、息子と私は、宮城から沖縄へ避難した。毎日、テレビの震災関連のニュースに釘づけになっていた私（おそらくとても恐い顔をして）。そのそばで否応なく津波などの映像を繰り返し見ていた息子。しばらくすると指しゃぶりや、赤ちゃんがえりのような症状が出た。テレビも「仮面ライダー」や「クレヨンしんちゃん」ではなく、乳幼児向けの番組を好んで見るようになった。これはマズイと思い、情報は新聞やネットで集める方向へ転換し、テレビは消すようにした。

そもそも、息子は「電信柱が抜けるかと思うくらい、ぐるんぐるん回っていた。同じクラスの女子は校庭で泣いていた」という体験をしたのだ。恐怖の上塗りをしてしまったと、不用意な自分を反省した。

だから一年たったとはいえ、震災の映像には、なるべく触れない環境をと思った次第。テレビを消した自分は何を読もうか。気になっていた『「あの日」からぼくが考えている「正しさ」について』（高橋源一郎・河出書房新社）をまず手にとった。

三月十一日以降、ツイッターでつぶやかれた言葉と、三月十一日以降、新聞や雑誌に発表された文章とが、合わさった一冊だ。

三月二十一日、午前0時から連続ツイートされた「祝辞」は、明治学院大学国際学部を卒業する人たちに向けられたものだ。卒業式は中止になっていた。

「正しさ」への同調圧力。これが祝辞のキーワードだ。震災後の状況として、「凄惨な悲劇を目の前にして、多くの人たちが、連帯や希望を熱く語ります。それは、確かに『正しい』のです。」けれど、みんなが同じように感じ、同じように何かをしなくてはならないという圧力に、若い人たちがつぶされてはならない、と高橋さんは語る。「『正しさ』への同調圧力によって、『正しい』ことをするべきではありません。」。

この時期に、なかなか言えることではないなと、リアルタイムでツイッターを見ていた当時の私は思った。そして、息子が成長したら、ぜひこの祝辞を読ませたいとも思った。正しさへの同調圧力によって正しいことをしてしまう人は、一見正しい（けれど実は正しくない）ことへの同調圧力にも、やすやすと応じてしまうだろう。

正しいことができないから正しくないわけじゃないし、正しいからという理由だけで正しいことをするというのは、もしかしたら正しいことじゃないかもしれない。なんだか禅問答のようになってしまうが、この祝辞は非常に大事な問いかけを含んでいる。引用だけでは伝わらないこともあると思うので、ぜひ全文を読んでほしいメッセージだ。

次に手にとったのは『春の先の春へ　震災への鎮魂歌　古川日出男、宮澤賢治「春と修羅」をよむ』（古川日出男・宮澤賢治・左右社）というCDブック。

そうだ宮澤賢治がいた、と思った。震災を契機に書かれたものだけが、震災を語っているわけではない。賢治の視線には、宇宙から、あるいは未来から東北を見ているようなところがある。今その言葉を味わうことは、深い意味を持つと感じた。

朗読をする古川日出男は、こう書いている。「……修羅とは、人間と動物たちの『はざま』にあるものです。震災で起きてしまったこと、やがて人災として起こしてしまった物事に対して、僕たちは無限無数の『はざま』を意識しなければならない。」。

穏やかでありながら鬼気迫る朗読。私には「青森挽歌」が一番沁みてきた。妹としての死を契機に書かれたものだが、その個人の体験を越えて、生々しくも壮大なスケールの挽歌になっている。あの震災で亡くなった一人一人は、何万というような数で括られることなく、このように心ひきさかれる見送りをされなくてはならないはずだ。

古川日出男は、福島県郡山市の出身。実家は二代続いた椎茸栽培の専業農家という。文芸誌「新潮」の四月号（二〇一二年）のアンケートに答えて「……あの震災直後から、ずっと僕が世間的な言説に対して抱いてきた違和感の正体も、うっすらと僕自ら推察できます。そこにあるのは一次産業については『理解できていない』意見ではなかったのかと。土地は交換可能ではない。」と書いていた。その人が「一次産業の刻印がある」と断じられるものの一つとしてあげていたのが、宮澤賢治の作品だった。

三冊目は、息子と一緒に読んだ。『風の島へようこそ　くりかえしつかえるエネルギー』（アラン・ドラモンド作・松村由利子訳・福音館書店）。自然エネルギーだけで、島の電力と暖房のための熱をまかなうことに成功したデンマークのサムス島のことを絵本にしたものだ。サムス島は、人口約四千人、面積は沖縄本島の十分の一という小さな島だが、その先駆的な試みの成功は世界中から注目されている。

風が強いことを生かした風力発電。「じゃあさ、石垣島に吹く風からも、電気が作れるの?」と息子は興味深そうにしていた。

自然エネルギーの話を、サムス島を舞台にしながら、楽しくわかりやすく伝えてくれる好著だ。こんな島があるなんて、私自身も知らなかった。

ずいぶん前のことだが、デンマークには二週間ほど滞在したことがある。なんというか「暮らし」について深く考えている人たち、という印象を持った。ゴミの分別を世界で初めてしたのもデンマークだったという。やるじゃないか、デンマーク!

もちろん、サムス島でも、はじめから人々の協力が得られたわけではない。わざわざ面倒なことをしなくても、別に今のままでいいんじゃない? という人たちの気持ちを大きく変えたのは、島の停電というできごとだった。何やら象徴的な話である。

難しい科学の話としてではなく、人々の暮らしからの発想としてエネルギーが語られている絵本。親子で読むのにぴったりの一冊だった。

『神様　2011』

震災以来、いろいろなことがあった（ありすぎた）けれど、幸い私自身は、とりあえずの日常生活を取り戻している。子どもは毎日元気に学校へ行っているし、地域のお祭りなどを楽しむ日もある。

平和だ、普通だ、以前と変わらない暮らしだ……と思いたがる自分がいるいっぽう、祭りの焼きそばを子どもにねだられて「このキャベツは大丈夫かな」と反射的に考えている自分もいる。やっぱり「あのこと」以来、何かが変わったんだと思わざるをえない瞬間だ。このもやもやとした感覚を、まことに鮮やかな方法で描き出した短編に出合った。

『神様　2011』（川上弘美・講談社）は、一九九三年に発表された「神様」と、二〇一一年の三月末に書かれた「神様　2011」とをあわせて収録している。同じマンションに引っ越してきた熊と、近所の川原に散歩に出かけ、のどかな一日を過ごすという話。ベースはほぼ同じなのだが、２０１１のほうは、その散歩は「あのこと」以来、初めてであるという設定になっている。

散歩の途中で会う除染作業の人たちは、防護服に防塵（ぼうじん）マスク、腰まである長靴というスタイル。今やこの地域には、子どもは一人もいない。釣りをした熊は、魚をさばくときに、放射性物質を気遣ってペットボトルの水で体表を清める。一日の終わりには、日記とともに総被曝線量を計算する。

こうして取り出して書くと、かなり目立つ変化のようだが、実際にこの二編を読み比べると、そこに流れる空気感というか、世界の手触りに、ほとんど違いはない。なんでもない一日を描いて、日常への愛おしさがあふれている作品だ。あえて違いというなら、２０１１のほうが、日常への愛おしさがいっそうあふれている。そのことに胸がつまるような、なんともいえない切なさを感じた。

『くじけな』

震災以降、「がんばろう」「負けないで」といったストレートなメッセージが氾濫し（もちろんそれらは善意から出たものではあるのだけれど）、違和感を覚えた人も多かったと思う。なかには「もう、じゅうぶん、がんばっている」「これ以上なにをがんばれというのか」という気持ちの人もいたことだろう。もっとも強烈な言葉として私が覚えているのは、あるブログで読んだ被災者の言葉だ。「なにかできることはないか。私にできることなら、なんでもする」と言われ、彼はこう答えた。「じゃあ、不幸になってくれ」。

何もかもを失った人にとって、安全地帯から届く言葉は、自分の絶望を再認識させるものでしかない、ということもあるのだ。こんなとき、言葉はなにをできるのだろうと深く考えこんでしまった。

『くじけな』（枡野浩一・文藝春秋）という詩集は、その答えの一つかもしれない。『くじけな』ってタイトルの詩集を出してみたい。」とツイッターでつぶやいたことが発端となり、以後、未刊詩集としてつぶやかれてきた詩編を一冊にまとめたものだ。もちろん、柴田トヨさんの『くじけないで』（飛鳥新社）の評判を受けてのこと。リスペクトに逆転の発想を加え、この著者らしい遊び心と本音が交錯する詩集になっている。

出版の話があった直後に震災が起こり、著者は躊躇した。「くじけないでという、まっすぐな言葉が、こんなときは必要なのかもしれないと思いました。」と彼は記している。非常時に、不謹慎ではないかという自制が働いたのだろう。「震災後」に書かれた部分は、それまでとは明らかにトーンが違っている。

けれど、と私は思った。こんなときこそ、震災前に書かれていたような詩が必要なのではないだろうか。「くじけな／こころゆくまで／くじけな／（中略）くじけないでと／はげますあいつのつよさに／くじけそうなときは／くじけな／（中略）／よし／くじけてよし／くじけたこころにしか／みえないものをみあげ／ほほえんでいればよし」。

『トータル・リビング1986-2011』

小学生の息子を抱え、さまざまな情報に心乱されつつ過ごした日々。私は目の前のことで精いっぱいという感じだった。そんななかで、『トータル・リビング1986-2011』(遊園地再生事業団、作・演出 宮沢章夫)という芝居を観た。一九八六年という年は、岡田有希子が自殺した年であり、チェルノブイリの原発事故があった年であり、そしてバブルの前夜だった。その年と二〇一一年を行き来する舞台を観て、今の自分の立ち位置が少し見えたというか、非常に大きな視点を与えてもらったように感じた。

その観劇後の気分と似たような読後感を抱いたのが『思想地図β vol.2』(東浩紀編集・コンテクチュアズ発行)だ。「震災でぼくたちはばらばらになってしまった」という巻頭言に、深く頷いた。

特集のテーマは「震災以後」。今の私たちは、細切れの情報に接する機会が、ものすごく多い。早くて便利だけれど、やはりこういうボリュームのある活字で、さまざまなことを考え確認する作業は、いっそう大切だと感じる。

なかでも興味深く、また共感しつつ読んだのは「ソーシャルメディアは東北を再生可能か――ローカルコミュニティの自立と復興」という津田大介氏のルポルタージュ、そして『「終わりなき日常」が終わった日』という竹熊健太郎氏の文章だった。

前者では、昔ながらの地縁から生まれた復興プランが紹介されている。宮城県南三陸町の旧歌津町伊里前地区と、福島県いわき市の豊間地区。それぞれ難しい問題を抱えてはいるが、こういったローカルコミュニティの力に、情報力を持つソーシャルメディアを組み合わせていくこと。そこに、これからの可能性を見いだす論には、説得力がある。

竹熊健太郎氏は「日本国民は3・11以降、カフカの不条理小説の主人公のような状況に置かれている。結末は、まだ誰にもわからない」と記す。読み進めていくうちに、まさにこの本のタイトルどおり、今の私たちが、思想の地図のどのあたりに立って（立ちすくんで）いるかが見えてくる文章だった。

『ウチナーグチ練習帖』

空港内の書店は、それほど広くないものの、ご当地ものの品ぞろえが意外と充実しているので楽しい。先日も、那覇空港で時間があったので立ち寄ってみたら、沖縄の方言に関する書籍が、たくさん置いてあった。

石垣島の公民館で、近所の子どもたちに「言葉の教室」と称して、月に二回ほど、言葉にまつわるあれこれを話したり、言葉をつかった遊びを指導したりしている。この冬は「方言」に興味を持ってもらおうと、一緒に教室をしている女性と、あれこれプランを練っているところだったので、さっそく何冊か買いこんだ。

『ウチナーグチ（沖縄語）練習帖』（高良勉・日本放送出版協会）は、沖縄本島出身の詩人による一冊。あいさつから簡単な日常会話まで、三十項目の基本表現が解説されている。「ガンジューイ（元気かい？）」のガンジューが「頑丈」、「アガリ（東）」は太陽が上がる方角だから……など、語源がわかると、ずいぶん覚えやすい。

それに加えて、島ことばによる数々の名作が紹介されているところが、お楽しみ。耳に親しい「ハイサイおじさん」や「安里屋ユンタ」「てぃんさぐぬ花」などの現代語訳を見て、はじめてその内容を知った。要所要所に登場する「ウチナーグチの世界」というコラムも、詩人の著者だけに、読みごたえがある。沖縄の「言葉」を切り口に、文化や暮らしに迫る一冊ともいえるだろう。

『ハイサイ! 沖縄言葉』(藤木勇人・双葉社)には、さらに日常に即した方言が紹介されていて、微妙なニュアンスをユーモアたっぷりに教えてくれる。私にとってずっとナゾの表現だった「だからよぉ」が「沖縄三大無責任言葉」の一つとして挙げられていて、そういうことだったのか! と、やっと腑に落ちた。遅刻してきた人に「なんでこんなに遅れたか!」と言うと「だからよぉ」と返ってくる。そしてそのあとに特に説明はない。

なくていいし、聞いたほうもそれ以上追及はしないとのこと。理由ではなく、「やっちまった~」「わかってるだろ~」くらいのニュアンスのようだ。(ちなみに、無責任言葉の残りの二つは「であるわけさぁ」と「なんでかねぇ」だそうです。詳しくは、

本書を見られたし）

著者の藤木勇人さんはＮＨＫの朝のドラマ「ちゅらさん」（二〇〇一年）に出演し、沖縄言葉の指導も担当した人で、うちな～噺家として活躍している。つい先日も、小浜島（こはまじま）のお祭りで彼の語りを聞く機会があった。「空にはオスプレイ、地上ではオスがレイプですよ」といったきわどい時事ネタで会場を沸かせる場面もある。いや、これをきわどいと感じるのは、自分がまだ「ないちゃー（内地人＝本土の人）」の感覚だからなのかもしれない。むしろ沖縄の日常として、そういう問題がある。

そういえば、民放のゴールデンタイムのバラエティ番組でも、おしくらまんじゅうをしている子どもたちに「おいおい、君たち、あぶないよ」「なんで？」「押す遊びは、危険なの」「だから、なんで？」「遊びは、英語でプレイだろ。押すプレイ（オスプレイ）は、危ないの！」といったコントが放映されていて、なかなかやるなーと思ったことがあった。

『シノダ！　チビ竜と魔法の実』

最近は児童書の仕事をする機会が増え、資料その他でさまざまな本が送られてくる。小学三年生の息子は、今ちょうど物語世界にハマる時期らしく、私の仕事場からめぼしいものを物色しては読みふけっている（なので、「週刊現代」の掲載誌などは、うかつに置いておけません……）。

『シノダ！　チビ竜と魔法の実』（富安陽子・新潮文庫）を見つけたときは、すごかった。学校から帰ってきて読みはじめ、どうにもとまらなくなり、風呂に入っているあいだもチビ竜の話をし続け、ついには就寝時間を一時間遅らせて、その日のうちに最後まで読んでしまった。

児童書の優良なものを文庫でも読めるようにしようというシリーズの中の一冊で、実は私は「シノダ！」の二冊目に多少関わる予定だ。参考までにと送られてきたのが一冊目のチビ竜の話。あまりにのめりこんでいるので、面白がって横顔を写真に撮ったりしたが、それすら気がつかない様子だった。思えば私も小学三年生のころ、読書中に息をするのを忘れて、胸が苦しくなり、本を横に置いてハアハアまとめて息をしていた……と母から聞いたことがある。こんな感じだったのかなあと息子を見ながら思う。

そして、そこまで彼が夢中になっているのだからと、翌日私もさっそく読んでみた。人間のお父さんとキツネのお母さんとのあいだに生まれた三人の子どもたち（伝説「信田妻」が下敷きになった設定だ）。その家庭の風呂場に、ひょんなことから竜の子どもが住みついてしまう。物語はテンポよく展開し、登場人物もみな魅力的だ。

たぶん我が息子は、竜と一番仲良しのシノダ家の男の子になりきって読んでいるのだろう。字は違うが、偶然にも名前まで一緒である。たぶんこの物語世界は、彼の目から眺めるのが一番おもしろいはずだ。

「はずだ」などと冷静に言っている私はというと、さすがに小学生男子にはなりきれず、終始、シノダ家のママの視線で楽しんだ。家族がピンチになったとき、子どもたちが迷ったとき、このママは、素晴らしい行動力と判断力を発揮する。

「川で生まれたサケの子どもが、広い大きな海を目ざすように、地面の下で大きくなったセミの幼虫が、かがやく太陽と林の風を目ざして、ある日飛びたつように、チビ竜にだって、きっとじぶんの帰る場所がわかるはずだわ。」

「災いの影につけまわされるのがいやだったら、けっしてにげないことよ。お日さまに向かっていれば、ほら、影なんて、じぶんのうしろにかくれちゃうでしょ?」

言うことも、なかなか男前なのだ。どきどきハラハラするなかで、こういうメッセージを、息子が受けとめてくれているといいなと思う。

いつか映画『崖の上のポニョ』を息子と一緒に見たときも、こんな感じだった。息子は主人公の男の子に、そして私はそのお母さんに、思いを重ねていたっけ。

『不登校児 再生の島』

久高島の名前を初めて聞いたのは、息子が通う石垣の小学校の校長室だった。校長室でお茶など飲み、よもやま話をしていたとき、ひょんなことから久高島の名前が出て、それを聞いた教頭が「神の島ですからね。最近では、不登校児を預かって、その子どもたちが元気になるというようなこともあるようですよ」と言った。

そういえば息子の通う小学校でも、都会で学校になじめなかった子どもが来て、生気をとりもどしたというような例が、過去に何度かあったと聞く。島というところには、何か不思議な力があるのかもしれない。我が息子にしても、二週間の避難生活の後、石垣島に来て、劇的に元気になったっけ……と一年前を思い出す。

さて、そんな下敷きがあったものだから『不登校児 再生の島』(奥野修司・文藝春秋)を本屋さんで見つけたときには、迷わず手にとった。帯には「沖縄・久高島留学センターの記録」とある。

いわゆる山村留学の形をとる久高島留学センターでは、中学生の子どもたちが親元を離れ、スタッフと寝食をともにする。二〇〇一年にスタートした施設で、「不登校を売り文句にするつもりはない」と代表の坂本清治さんは考えていたが、蓋を開けてみれば一期生十四人中十二人が不登校児だった。

それぞれに問題を抱えた子どもたちが、この島で暮らしてゆくなかで、人との関わりを学び、自然を体験し、「リセット」(生徒の一人の言葉) されてゆく様子を、たんねんに追ったノンフィクションが本書である。

不登校、引きこもり、アトピー、肥満、ゲーム中毒……結果を見れば、ほとんどの子どもたちは、これらを克服し、生まれ変わったようになって卒業してゆく。では、そこに魔法使いのような指導者がいるとか、それこそ神がかり的な島の何かがあるかというと、そうでもない。島の暮らしは、いたって地味で、細かな問題は常に山積している感じである。が、そんななかで、子どもたちは確実に変化してゆくのだ。

規則正しい生活、野菜中心の食事、手伝いや労働も含めて自然のなかで体を動かすこと。加えて、島の人たちの偏見のないあたたかな見守り。子ども同士の、時には傷つけあうこともありながらの人と人との結びつき。あたりまえといえばあたりまえなことの積み重ねが、そこにはあるだけである。

逆に言うと、そのあたりまえが困難になっている時代だからこそ、不登校などの問題も起きてくるのだろう。

印象に残ったのは、小学二年生のときから、ほとんど登校していなかったユウスケという少年が、なぜここでは毎日学校へ行くかと聞かれたときの答えだ。「センターにいるとゲームもできないうえに掃除までさせられ、学校に行くほうが楽だから」。

あぜんとした著者は、こう記す。

「バカバカしいほど単純な理由を聞いて、たかがそんな理由で学校に行くのかよと思ったが（中略）不登校の我が子に掃除をさせ、ゲームを取りあげる親がいないことを考えると、意外にこういう単純な理由が当を得ているのかもしれない。」

問題児、問題児というが、問題児が育つ背景には、必ずといっていいほど、その子どもを育てた親の問題がある。坂本さんは言う。「親を親たらしめるために、子どもは問題行動を起こすんですよ」。

不登校、沖縄の島、山村留学……というと、何か特別な事例のように思われがちだが、本書を読んでいると、今という時代に子育てをすることの難しさや、落とし穴、そして親としての気持ちの持ちようなど、さまざまなことを考えさせられる。ここにある問題は、決して他人事ではないのだ、と感じる。

『エルマーのぼうけん』

息子と私が、石垣島に住むようになって一年あまり。自然を中心にした暮らしを楽しんでいるが、読書という点でいうと、最近こんなことがあった。

息子は、もう十分に一人で本が読めるようになったが、今でも寝る前に、私が読んでやることを喜ぶ。先日、久しぶりに読んだのが『エルマーのぼうけん』(福音館書店・ルース・スタイルス・ガネット)だ。

とらわれの身となっているりゅうを、少年エルマーが救い出す冒険譚。ジャングルのなかを行き、おそろしい動物から身を守る過程は、生きる力と知恵にあふれていて、何度読んでもわくわくする。おなじみのストーリーなのだが、今回は、そのジャングルや闇の描写に、息子と私はひときわ感じ入った。

ねちねちしたシダの葉っぱが髪にくっついたり、くさって倒れた木に何回もつまずいたり。何がいるかはわからないけれど、がさがさという音が近づいてくるときの恐怖。かつては自然描写として何気なく読んでいたところが、いちいち「そうそうそう！」とリアルに迫ってくる。「石垣でも、あるよね〜」と、二人で何度もうなづきあった。

さらに、仕事上の必要があって、読み返した『星の王子さま』（サン゠テグジュペリ・岩波書店）。中学生のときから折りにふれて読み、そのたびに発見のある本だが、今回は有名なセリフとは別に、こんなところが心に響く。

「おとなの人たちに〈桃色のレンガでできていて、窓にジェラニウムの鉢がおいてあって、屋根の上にハトのいる、きれいな家を見たよ…〉といったところで、どうもピンとこないでしょう。おとなたちには〈十万フランの家を見た〉といわなくてはいけないのです。」

子どもと大人の対比で書かれているが、これは（かつての自分も含めて）都会の大人だなという気がした。石垣にいると、レンガの色や窓の花、屋根の上のハトが、よく見える。

キンダーブック『しぜん12月号 ほし』

先日の皆既月食、残念ながら見逃してしまったが、息子と一緒に星の本を読んで、小さく盛り上がった。キンダーブックの『しぜん12月号 ほし』(縣秀彦監修・フレーベル館)。写真がふんだんで、解説もわかりやすい。子どもの入門編に、ふさわしい一冊だ。

星と星をつなぐ星座を見て、息子は「無理やりじゃね?」などとつぶやく。確かに、自分も子どものころ思ったものだ。これだったら、どんな絵だって描けると。

なかに「つきまでは、どれくらい?」というコーナーがあって、地球から月まで、どれくらい遠いかが、乗り物でかかる時間で示されている。

「ロケットで3か」ふむふむ。「ひこうきで16にち」なるほど。「しんかんせんで2かげつ」銀河鉄道みたいだな。「くるまで1ねん」ほうほう。「あるいて10ねん」えっ、歩いて!?

最後の「あるいて10ねん」という文言に、なんだかとてつもなく心が惹かれた。月まで歩くという発想が、ロマンを感じさせる。なかなか遊び心のある著者だなあとも思う。自転車で世界一周とか、何年もかけた人がインタビューされているのを見ることがあるけど、同じように、十年前に地球を出て、てくてく歩いた人が、やっと月に到着っていうインタビューがあったら、ぜひ読んでみたい……しばし、想像の世界に浸りながら、心楽しい時間を過ごした。

こんなふうに、子どもの本というのは、思いがけないところからパンチが飛んでくるようなことがあって、あなどれない。

息子は小学二年生。自分でも本を読めるようになっているが、就寝前のひとときは、私に本を読んでくれとせがむ。だらだらして、なかなか歯を磨かなかったり、時間割を揃えないでいるようなとき「あ〜、今日はもう無理かな。時間がないから本は読めないかも」と言うと、あわてて、人が変わったようにてきぱきと動きはじめる。そしてそのささやかな読書の時間は、私自身の楽しみでもある。

『みどりのゆび』

この冬、一番心に沁みて読んだのは『みどりのゆび』（モーリス・ドリュオン作・安東次男訳・岩波書店）だ。息子の誕生日にと、私の友人が、美しい緑の箱入りの愛蔵版をプレゼントしてくれた。

「星の王子さま」と並ぶフランスの童話の名作だそうだが、恥ずかしながら知らなかった。児童書というのは、子どものときに出会いそこねると、なかなか手に取る機会に恵まれない。そういう意味では、息子のおかげで、私は児童書と出会いなおしているともいえるだろう。

どこにでも花を咲かせてしまう「みどりのおやゆび」を、主人公の少年チトは持っている。彼の家はお金持ちで優雅な暮らしをしているが、おとうさんは武器をつくる工場の経営者だった。

刑務所、貧民街、病院、動物園……。「規律」の勉強のために訪れた先々で、チトくは子どもらしい疑問を抱き、それぞれの場所に花を咲かせ、すてきな場所に変えてゆく。そして圧巻は、石油をめぐってはじまった戦争を、「武器に花を咲かせる」という方法でとめてしまったことだ。その武器は、彼のおとうさんが輸出したものだった……。

文章が、うっとりするほど美しい。戦争と平和、自然の持つ力、生きるうえで大事なこと、そして人や社会のしくみが持つ矛盾について。子どもに説明するには難しい内容が、こんなに平易でこんなに美しい言葉でつづられているなんて。神業のような一冊だ。

「訳者のことば」の一節に「子どもたちが読む本が、ぜんぶ『星の王子さま』や『みどりのゆび』のようなお話ばかりでは、すこしばかりお行儀がよくなりすぎてこまる、とわたしはおもいますが、いっぽう、わんぱくな子どもたちの冒険がいっぱいでてくるお話に、みなさんが胸をおどらせるかたわら、とても詩的な童話を読むことも、ぜひ必要なことだとわたしはおもうのです。」とあり、深く共感した。「わんぱくもの」は、ほうっておいても子どもは読むものだ。たまには親子で、こういう本に心洗われるのも、大事なことだと思う。

息子は、あまり感想を言わないが、それでもある晩ぽそっとつぶやいていた。「この本は、人の心のことについて書いてあるね」と。

『雪の写真家 ベントレー』

寒さが本格的になると、書棚からとりだしたくなる絵本のひとつに『雪の写真家ベントレー』(ジャクリーン・ブリッグズ・マーティン作・千葉茂樹訳・BL出版)がある。以前、読み聞かせを一緒にやっていたママ友に教えてもらったものだ。

豪雪地帯に生まれ、雪の結晶の写真を撮ることに生涯を捧げた農夫ベントレー。「雪なんて、土とおなじで、めずらしくもない」と笑われながらも(これはまあ、豪雪地帯の人の実感でもあるだろう)、黙々と写真を撮り続け、ついには世界的な「雪の専門家」として認められるまでになる。科学者たちがお金を集めて作ってくれた初の写真集。だが、それを手にした一か月後に、肺炎で亡くなってしまった。吹雪のなかを十キロも歩いたせいだったという。実在の人物の伝記絵本で、息子も私も大のお気に入り。お気に入りすぎて、ベントレーの『SNOW CRYSTALS』という写真集までネットで取り寄せて、その素晴らしい結晶写真を飽かず眺めている。二百ページ近く、えんえんと雪の結晶の写真が続くのだが、ひとつとして同じものがない。そして、どれもがあきれるほど美しい。

年末年始は、クリスマスやお正月のおかげで、本屋さんの児童書コーナーが賑わっている。子どもだけのものにしておくにはもったいないような名作も多い。ぜひ自分用にも、一冊選んでみては、いかがでしょうか。

初めての電子書籍

自分でも驚いているのだが、初めて電子書籍を購入した。勘三郎（十八代目中村勘三郎）さんの訃報に接して、素晴らしかった舞台のあれやこれやを思い出し、一番最後に観たのが『表に出ろいっ！』だったと気づき、無性に戯曲が読みたくなった。野田秀樹さんの作・演出で、二年前の作品だ。当時は仙台に住んでいて、日帰りで観に行ったっけ。勘三郎さんと野田さんが夫婦役。深く痛快な舞台だった。

「表に出ろいっ！」を含む戯曲集『21世紀を信じてみる戯曲集』（新潮社）をアマゾンで検索。石垣島に住んでいても、送料は無料なのがありがたい。「購入する」を、ぽちっとしようとした瞬間「Kindle版」という文字が目に飛び込んだ。へえ、電子書籍にもなっているんだ……こういうときキンドル持ってたら、今すぐにでも読めるんだろうなあ、いいなあと思った、またその瞬間、「Kindleをお持ちでない場合、こちらから購入いただけます。Kindle無料アプリのダウンロードはこちら」とあることに気づいた。

「んー？　キンドル持ってなくてもいい？　無料？」。

半信半疑で、アイパッドからアプリをダウンロード。で、あらためてアマゾンにアクセスすると、するするといとも簡単に買えてしまった。「読みたいな」と思ってから三十分もたっていない。しかも紙の本が一八〇〇円（税別）なのに対して、こちらはほんのちょっとだが値段も安い。

かつて、マウスを宙で動かしてカーソルが動かないと大騒ぎし、担当編集者に家まで来てもらったほどの機械音痴。その自分が、こんなにやすやすと電子書籍の世界に入ってしまうとは。さっそく開いてみると、縦書きだし、レイアウトもきれい。メールやツイッターで、日常的にアイパッドで文字を読んでいるが、それに比べても断然読みやすい。

むさぼるようにページをめく……いやスライド（？）させ、いっきに読んでしまった。父と母と娘と。それぞれが、今夜どうしても出かけたい事情があるのだが、飼い犬が臨月で、誰かが留守番をしなくてはならない。それぞれの「どうしても」は、本人にとっては切実だが、傍から見るとそうでもない。価値観というものへの問いかけや、論理のすれちがいが、笑いに包まれながら展開する。戯曲で読むと、その言葉の積み重ねの緻密さが、いっそうよく感じられる。

一度舞台を観ている戯曲というのは、脳内で場面や俳優さんの動きが再生されて、とても楽しいものだ。同録されていた「ザ・キャラクター」と「南へ」も、舞台を懐かしく思い出しながら、その日のうちに読んでしまった。お芝居を三本見た感じの充実感。

音楽が好きな人は、ある曲を聴くと、それが流行った当時のことや、その曲に出会ったころの自分の人生のあれこれが蘇るという。芝居好きの私の場合は、その芝居を一緒に見た人や、自分の前後の状況などが、ぱっと頭に浮かぶ。

勘三郎さんと野田さんが初めて歌舞伎で組んで大成功を収めた『野田版　砥辰の討たれ』のときは、朝日舞台芸術賞の選考委員をしていた。この作品をグランプリに選んだことは、朝日舞台芸術賞の一番大きな功績なんじゃないだろうか。「いろいろ風当りも強かったけど、大きな賞をもらって、ずいぶんやりやすくなったんだよ」と勘三郎さんが喜んでくださったことを思い出す。それに続く『野田版　鼠小僧』のとき、私は妊娠七か月。「そのお腹で歌舞伎座に行くつもり?」と母に驚かれた。第三弾の『野

田版　愛陀姫(あいだひめ)』のときも、仙台から行った。その夜の楽しいお酒のことなどが、ありありと蘇る。この三部作が収録された『野田版歌舞伎』（新潮社）もまた読みたくなり、勢いでキンドルで購入しようとしたのだが、なぜだろう、こちらは販売されていない。結局アマゾンで買ったが、著者も出版社も同じなのに、不思議なことだ。

野田さんは、エッセイも素晴らしくおもしろいので、ついでに彼のエッセイ集がキンドルで買えないか探してみる。ちょっと本屋さんをウロウロする雰囲気にも似て、これも楽しい作業だった。

では歌集などは、どうなっているのだろうと探検気分で探してみると、ほとんどが古典だ。しかし、もし自分の本棚にある歌集が、キンドルで読めるようになったら……と思うと、うっとりする。私の場合、部屋の片づけは、ほぼ歌集との戦いだ。部屋中の歌集が、アラジンの魔法のランプに吸い込まれるように、アイパッドに入ってゆく様子を想像してしまった。

そんななか『うづまき管だより』（光森裕樹）という歌集を発見。著者の光森裕樹さんは、歌集『鈴を産むひばり』で一昨年の現代歌人協会賞を受賞した新進気鋭の人。彼が角川短歌賞に応募してきたときから、選考委員だった私は注目してきた。これは買わない手はないと思い、ぽちっと購入。その数十秒後にはダウンロードされてしまうのだから、すごい。

てのひらをすり抜けさうな雪だからはめて間もない手袋をとる

詠まれた情景の一瞬あとの、手のひらに受けた雪のひんやり感が、書かれていないのにリアルに伝わってくる。いっぽうで手のひらを通過してゆく幻想的なイメージも保たれて、雪の日の、心が透明になるような気分が巧みに掬（すく）われた一首だ。

Internet に繫がらざるは服を着てをらぬに等し泳ぎにゆくか

ネット環境が日常にある若者らしい感覚。結句の「泳ぎにゆくか」が、ぐっとくる。ネットに繫がらない状況を裸にたとえるだけでなく、裸なら泳ぎにとまで言うことによって、今度はその「泳ぎ」が比喩的な色合いを帯びてくる。「泳ぎ」のように体を動かすことも含まれるだろうが、メールできないなら手紙を書くか、フェイスブックができないなら友だちに会うか、たまには本でも読んでみるか……そんな気分までもが伝わってくるのだ。

調べてみると、この歌集、キンドル版のみの出版らしい。前歌集以降の作品百二十八首をまとめたものというから、第二歌集という位置づけだろうか。それとも、これを含めて、次の歌集は紙で作るのだろうか。いやいや、そういう発想自体がおばさんなのだろうか。まだわからないことも多いが、自分にとっては、電子書籍の可能性を大いに感じる体験だった。

歌なら持って帰れるでしょ

――池田卓さんときいやま商店にインタビュー！

二〇一一年の秋、私は引っ越してまもない石垣島で、小さなお祭りに誘われた。そこで出会ったのが、今回登場する二組のミュージシャンだ。池田卓（すぐる）さんの歌を聴いた第一印象は「八重山おそるべし！　近所の祭りで、こんなに巧い歌と三線（さんしん）が聴けるとは。しかも若くてイケメンだ」。「きいやま商店」は、演奏が始まるやいなや、そばにいた小学生の息子が、最前列に飛び出していった。底抜けに明るくてノリのいい音楽。我々親子は、その日から虜になってしまった。限られたライブの時間の中で「おじい」への愛情を歌った曲を、両者ともに披露している。それがまた八重山らしさなのかも、と思った。

池田卓さんも、きいやま商店も、偶然にもその年から、活動の拠点を故郷の島に移したのだということを、後に知った。ひとたびは島を出た彼らが、今、生まれ島に戻り音楽活動をしている。その経緯と思いを聞いてみたい。まずは西表島に、卓さんを訪ねた。

石垣島からフェリーで、小一時間。港から陸路で白浜まで。卓さんの住む船浮は、ここからさらに船で向かう。険しい山やいくつもの川に阻まれ、陸路で行くのはむずかしい、いわゆる「陸の孤島」である。

卓さん自らが、白浜まで船で出迎えてくれた。家族それぞれが、自分用の船を持っているという。現在の人口三十七人。西表島の一番西にあるのが船浮集落だ。

「ぼくが生まれたときは、八年ぶりに鯉のぼりがあがるってことで、沖縄の新聞に載ったんですよ」。つまり、集落待望の男の子。小学校は児童十人ほどで、同級生はいなかった。

「親父が、なんでもできる人でね」。農作業や釣りはもちろん、山に入ってイノシシを捕まえたり、さらには家を建てたり。電化製品の修理もお手のもの。「絶対『こわれた』って言わないの。『調子が悪い』って言いながら、分解でもなんでもして直しちゃう」。

「ここにいるとオールマイティでないと生きていけない。それがカッコいいなって思うんです。デビューしたときに、十年たったら帰ってこようと決めていました」。

卓さん、かつては野球少年だった。甲子園常連校の沖縄水産高校で活躍、野球漬けの日々が終わったとき、それに代わるものとして歌を目指したそうだ。幼いころから、雨の日にはピアノや三線に触れ、周囲には民謡があふれている暮らし。自然な流れのようにも見えるが、やはりあえて聞きたい。なぜ、歌だったんですか?

「だって、歌なら持って帰れるでしょ! ここに」

デビュー作「島の人よ」のベースには、過疎化のなかで故郷がなくなるのではないかという不安があったという。今、卓さんは、オールマイティに生きる術を父親から学びながら、音楽活動を継続し、船浮の活性化にも力を注いでいる。

「ぼくが島に帰ってきたとき、父は六十歳。五年後、十年後じゃ遅いと思った。音楽活動の不便よりも、父から教えてもらうべきことを教えてもらえなかったら、その後悔のほうが大きいと思うんです」

イノシシを捕るための手製の罠を見せてもらった。今年、卓さんは七頭、お父さんは四十頭しとめたそうだ。旧暦のいつごろ、あの花が咲いたら、こんな魚が釣れる……どんな教科書にも載っていない、経験と知恵の積み重ね。自然のめぐりのなかで、それを口うつしするように父が息子へと伝えてゆく……なんという麗しい光景だろう。

音楽活動の「不便」も、卓さんは楽しんでいるようだ。私が会いにいった翌日には沖縄本島のライブハウスで、その翌週には東京南青山でもライブという売れっ子ぶり。

「都会にいると、部屋代から何から稼がないといけないから、音楽が仕事になってしまう。今は、荷造りするところから始まるでしょ。何を着ようかなとか、旅が始まるわくわく感のなかで、ライブがスタートするんです。聞いてくれる人を、どう楽しませようかとか、そういうことだけを考えていられる」

そうは言っても、もっと売れたいとか、音楽で儲けたいとか、思ったりしませんか？こんなに歌が巧くて、カッコいいのにって、おばちゃんは思ってしまうんだけど。

「もちろん、それにこしたことはないでしょうけど、目指したからって得られるものでもないし。目指すことで失うもののほうが多いんじゃないかな。大きなところでやらされて、痛い目にあった先輩も見てきました」

えらい！　謙虚で、世の中のことがよく見えている人だ。

卓さんが取り組んでいることの一つに音楽イベント「船浮音祭り」がある。この地で開催される音楽祭で、二〇一四年で八年目を迎えた。何か起こせば人が集まり、つながり、船浮の名前を知ってもらえるという思いから始めたことだ。八年目ということは、島に帰る前から、ここで?

「ええ。自分が帰ってきたころに、軌道に乗っているといいなと思って。ここに住んでいたら、広報活動なんかも難しいでしょ」

たしかに！　この離島のなかの陸の孤島に、昨年は七百人以上の人が集まったというから大成功だ。過去のゲストミュージシャンのなかには、モンゴル800のキヨサクさんや、新良幸人(あらゆきと)さんなどのビッグネームも並ぶ。船浮は、鯉のぼり百本ぶんくらいの逸材を得たのではなかろうか。

さらに卓さんには、素敵な夢がある。「知名度があがれば、船浮ブランドのものを出していきたいんです」。家の裏と近くの山で、なんとコーヒーの栽培にチャレンジしている。ほかにも、この土地の気候にあった作物がないかを模索中だ。

なによりもまず、故郷を愛する一人の人間として、充実しきること。そこを大事にしている彼だからこそ、歌えるものがあるのだろう。今は児童が二人という小学校の前で、三線をかまえる卓さんは凛々しかった。

「きいやま商店」には、黒島の牛祭りでのライブを息子と一緒に堪能した翌日、インタビューさせてもらった。牛祭り会場には、きいやま商店目当てのファンが、福岡や名古屋、東京からも駆けつけていた。バックバンドは、メンバーの先輩や同級生。美容師や観光業など、それぞれ石垣で仕事を持ちながらも、いざという時にはプロ並みの腕前で彼らをサポートする。八重山のミュージシャンは、層が厚い。

「きいやま商店」という風変わりなバンド名は、メンバー三人のおばあちゃんが営む駄菓子屋さんの名前を、そのままもらったもの。彼らは、兄弟といとこのユニットだ。兄のリョーサと弟マストが一歳違い。いとこの大ちゃんとリョーサが同級生。元気いっぱいの音楽に、笑いの絶えない軽妙なおしゃべり、そしてユニゾンの美しさには、定評がある。新空港のPRソングをBEGINと共作するなど、今や飛ぶ鳥を落とす勢いの人気者。沖縄で引っぱりだこなのはもちろん、全国に活躍の場を広げている。

順風満帆に見える彼らだが、ここにいたるまでには、苦労もあったようだ。そもそも三人は、高校時代までを過ごした石垣島を出て、それぞれ別のバンドでボーカルをしていた。リョーサは福岡で十七年、大ちゃんは東京で十九年、マストも東京で十五年。しかし長男の長男の長男であるリョーサは、仏壇を継ぐのが石垣島のしきたり。ついに音楽をあきらめて、島に帰る決心をしたのが二〇〇八年のことだった。

「最後の思い出に、三人のバンドを集めて東京でライブをしようという話になったんだけど、なかなか揃わなくて。結局ぼくたち三人でやったんですよ」。その日かぎりのつもりだった「きいやま商店」。ところが、これがウケた。評判が評判を呼び、ライブをしてほしいという声が次々にかかり、専門学校のCMソングを作ってほしいという依頼まで。それじゃあCDも作る？　作っちゃえ！　というような盛り上がりのなか、一つの転機が訪れたのが二〇一一年だった。

大ちゃんが石垣島に戻ることになった。東京ではメジャーデビューの経験もあり、成功するまでは帰らないというくらいの意地があったという。それが、なぜ？

「子どもができたんですよ。子育てするなら島かな、と」

東京で、リョーサとマストも参加して、大ちゃんのお別れライブをしたのが三月十日。翌朝、大ちゃんは石垣島へ、マストは自分のバンドのライブのために名古屋へと旅立った。

東日本大震災を、大ちゃんは石垣の空港で知り、驚く。マストは東京在住の先輩にアドバイスされた。「今こっちに戻ってきても、ライブができるような状況じゃないから。いったん石垣に帰ったほうがいい」。東京に残っていたリョーサは、交通網がマヒするなか、何時間もかけて弟の部屋まで歩いたという。

大ちゃんに続いて、マストがその東京の部屋を引き払うことにした。「島に帰ったら、実家は家賃がタダなんだって気づいたさー」と笑うが、歌舞音曲の自粛ムードに、悩み迷う時期があったようだ。そして彼には、一つのアイデアがあった。今までにない手ごたえを感じた「きいやま商店」。三か月限定の那覇合宿を、リョーサと大ちゃんに提案したのだ。「曲づくり、ＰＲ活動、バンドとしての練習……思いきって集中的にやってみないか」と。幼少期から、祭りや親戚の集まりなどで、必ず出しものをやらされてきた三人。そのチームワークが見事に生かされた合宿は大成功に終わり、今の活動につながっている。

生まれ島の石垣に帰ってきてよかったと、三人は口をそろえる。

「東京では、生活に追われ、時間に追われ、その中で苦しんで音楽をやってたようなところがあった。でも、今はほんとうにラク。音楽やるんだったら、ここだったんですね」とマスト。「ストレスないもんな」と大ちゃんが言えば、「島は、よく眠れる」とリョーサが続ける。「どこにいても音楽はできるんだっていうシンプルなことに、やっと気づきました」。

東京組の大ちゃんとマストは、音楽に沖縄っぽさや島の色を出さないように、かつては封印していたという。

「かっこつけてたのかな。沖縄的なものが流行ったこともあったけど、それにのるもんか、みたいな、ね」

「きいやまは、そのあたりも自由。自分たちがやりたいものを、やりたいように。なんでも、ちゃんぷるー（まぜこぜ）で」

離れていた時間が長かったからこそ、島のよさを体感できるんですね？

「そうそう。島にずっといたら、わからんかったと思う。若いときはね、島は、ぬるい！　って感じてた。やっぱり大きな街にいって勝負しなきゃダメだと。でも音楽って、勝ち負けじゃないし、正しいも間違いもないいんだよなー」

肩の力が抜けたときに、人は本来の力を発揮する。彼らは長い旅ののちに、一番自分らしく表現できる島にもどってきた。

夢は、紅白歌合戦出場と公言している。実は高校生になるまで、島ではＮＨＫしか見られなかった。紅白への憧れは絶大なのだ。今も駄菓子屋を営むおばあちゃんが、一番喜ぶことでもあるのだろう。

紅白に出られるような売れかたをしても、石垣島が拠点ですか?

「もちろんです。紅白に出たいっていうのも、売れたいっていうのとは、ちょっと違う。なんていうか、このままのぼくらで出たい。ぼくらのスタイルを変えることなく、ぼくらの歌で、あの場所に呼んでもらえたら最高ですね」

その日が来るのを、ファンの一人として、心から楽しみにしている。

沖縄文化に触れる三冊

石垣島に移住して二年あまり。沖縄の文化に触れる三冊を選んでみた。手に取ったきっかけは、すべて石垣出身のバンド「きいやま商店」だ。お祭りでライブを見て以来、すっかりハマっている。

メンバーおススメの映画が『スケッチ・オブ・ミャーク』。宮古島の人と音楽と神事を撮ったドキュメンタリーだ。神事を司る女性に興味が湧いて、『神に追われて』(谷川健一)を読んだ。宮古島の根間カナという女性を中心に、人が神に見込まれ、やがて巫女的な存在となってゆく過程が描かれている。民俗学者が紹介する宗教体験、としてたんたんと書かれているが、不可思議で霊的なできごとが、静かな迫力と深い説得力を持って迫ってくる。

「私が南島通いをしてユタとかカンカカリヤと呼ばれる南島の巫女の入信のいきさつに並々ならぬ興味をおぼえたのは、人間的な烈しい苦悩を通して、巫女たちの精神が形成されていることを知ってからのことである。」と著者は言う。普通の暮らしをしたいと思っても、神がそれを許さず、逃げおおせられなくなったとき、巫女は生まれるのだ。

『ウミンチュの娘』(今井恒子)は、「きいやま商店」のCDを買いにいった地元の山田書店のレジ横に、山積みしてあったので思わず手にとった。ひとことで言えば、石垣島出身の女性社長による熱血半生記。昭和三十二年生まれの著者が描く少女時代には、ドル通貨やダイナマイト漁、民間療法の瀉血などが出てくる。高校卒業後、上京し、就職、結婚……子育てをしながら勤めた会社が二度倒産するなどの波乱を経て、IT企業を起こす。その行動力と前向きさが痛快だ。

最初の会社の社長が宮古島出身で、その母親がユタ。著者は会うなり「可愛い男の子が見えますよ」と言われ、予言通りに男の子を授かる。その息子が高校二年生のときに体調を崩し「まぶいぐみ」という祈祷を受けるために石垣島に戻る場面もある。起業家の半生記に、そういう話がちりばめられているところが、いかにも沖縄だなあと思う。

三冊目は『ああ、沖縄の結婚式!』(玉城愛)。「うちなー披露宴は、誇るべき沖縄独特の文化です。」と言う著者の、結婚式の司会歴は十一年。その経験をもとに、披露宴でのさまざまな興味深いエピソードが紹介されている。とにかく余興にかける情熱が、すごい。ビデオを使ったものなども、凝りに凝る。「きいやま商店」も、しょっちゅうメッセージの撮影協力をしていて、そんなに結婚式があるのかと訝しく思っていたが、本書を読んで納得した。

彼らを窓にして、自分は沖縄を体験しているのだなあとあらためて思う。何かを徹底的に好きになることは、世界を狭めるのではなく、広げてくれるのだ。

ある夏の石垣日記

六月某日

小中学校の運動会。全校児童生徒あわせて十四名。息子は五年生になった。大勢の地域の人たちも参加。見守られて、子どもたちは生き生きと組体操やエイサーなどを披露する。夕方からは公民館で「ぶがりのーし（打ち上げ）」だ。新任の先生方の歓迎会も兼ねての大宴会。私は会計担当なのだが、参加の頭数ではなく「一家庭千円」という集金の方法に、島のゆいまーる（助け合い）精神を感じる。

六月某日

三年前から息子と追っかけをしているバンド「きいやま商店」のメンバー三人と、一時間のラジオ生放送。学生時代アナウンス研究会にいたことが、意外と役に立っている。火曜日の八時なので「カッパチ！」というのは私の命名。

六月某日

息子のドラム教室。去年から熱心に通っている。市街地のスタジオまで、同じ日に習い事をしている友だちの車に便乗させてもらう。こうしないとタクシー代が往復五千円かかってしまう（はい、私、運転できません）。レッスンのあと「自由に叩いていいよ」と言われた息子、太鼓やシンバルを全部下から叩いていた。

六月某日

雑誌のインタビューを近所のカフェで。最近、石垣島まで来てくれる編集者が、とても多い。取材やインタビューだけでなく、打ち合わせや企画の説明などなど。はじめは申し訳なく思っていたが、みなさんとても嬉しそう。これはむしろいいことをしているのかもしれない。

六月某日

息子と二人で沖縄本島のコザの劇場へ。「お笑い米軍基地」という芝居を見にいく。石垣から那覇まで、飛行機で一時間。そこからバスで一時間四十分。遠かったけど行ったかいがあった。「恋するフォーチュンクッキー」の替え歌「どうする米軍キッチー」を息子が気に入って、ずっと歌っている。

六月某日

昨日は私の趣味に付き合わせたので、本日は朝から息子の大好きなプール。コザには、沖縄一とも言われるウォータースライダーを誇るプールがある。午後は那覇で『アナと雪の女王』を見て帰宅（石垣には映画館がない）。帰りの便で、機内誌「コーラルウェイ」を、ごっそりもらう。表紙が「きいやま商店」で、私がインタビューを手がけた記事が3ページにわたって載っているのだ。機内オーディオサービスでは、彼らのために作詞した「がんば」が聴ける。この曲、JALのCMでも使われた。ミーハーを極めた結果、友人になり、なんとなく仕事にもなっているという不思議。

六月某日

慰霊の日で学校はお休み。沖縄では、戦争に思いをはせるのは八月ではなく六月だ。息子のドラム教室の帰りに、石垣喜幸のライブ。喜幸はきいやまの同級生。メジャーデビューの経験もあり、私は以前からCDを持っていた。四月にその彼が、ウチから徒歩数分のところに住みはじめ、いい飲み友達に。先日の運動会では親子リレーを一緒に走ってもらった。

六月某日

「短歌往来」の特別作品三十三首「海と船」を送る。自分としては珍しい社会詠。これまで向いていないと思っていた社会詠だが、詠もうと思うほどの関心と怒りが、自分のなかに育っていなかっただけかもしれない。夜は、きいやま商店の三人と「カッパチ!」生放送。終わって、彼らの同級生の誕生会ということで軽く飲み。島は、同級生のつながりがとても強い。

六月某日

八月に出るエッセイ集『旅の人、島の人』の写真につけるキャプションを考える。装丁の参考にと、自分で撮った島の写真を編集者に送ったら、これも載せようということになった。和田誠さんが装画、装丁を引き受けてくださったとのこと。楽しみだ。

六月某日

光浦靖子さん来島。ちょうど一年前、きいやま商店ライブのサプライズゲストに一青窈さんに出てもらった。口説くところから秘密裡にコトをすすめるまでを私がやったわけだが、同じ時期に那覇まで来ていた光浦さん（窈さんの友だち）が、おもしろがって見にきてくれた。ライブの翌日には、女子三人で小浜島に行きシュノーケリング。以来、南の島好きの光浦さん、ちょくちょく遊びにきてくれる。

六月某日

島はマンゴーの季節。自分で育てているという人から、いただくことも多い。「心の花」編集日に合わせて、近所の農園で発送を依頼。毎年、みなさんがお礼の葉書に寄せ書きをしてくださるのが嬉しい。

七月某日

この夏上演される「ラストフラワーズ」というパンフレット用原稿を、いそいそと書く。脚本の松尾スズキさんが大好きで、二十年来のファン。ミーハーを極めて、名桜大学で准教授の屋良くんが担当している「沖縄学」という講座があり、その一コマということで、自分なりの現時点での沖縄を語る。私が紹介した松村由利子さんの「時に応じて断ち落とされるパンの耳沖縄という耳の焦げ色」を、ちょうど屋良くんも「短歌往来」八月号で引用したそうだ。無事に講義を終え、那覇から羽田へ。今日は前川佐美雄賞の授賞式で、講評を述べる。二分ほど遅刻。まだ大丈夫だろうと思って悠々会場入りしたら、すでに及川さんの挨拶が始まっていた。島では考えられない！　帰りに読売文化部の鵜飼さんと、湯島のシンスケで、一杯。水ナス、明石のタコ……東京に来ると日本酒が美味しいなあ。四谷

今では友人に。私の人生、このパターンが多いなあ。書いているうちに、どうしても見たくなって、飛行機のチケットをとってしまった。

七月某日

沖縄本島の名護へ。近所の松村由利子さんへ息子を預けて出発。石垣の人は、本島へ行くとき「沖縄へ行く」と言う。はじめは「ここも沖縄じゃないの？」と思ったが、文化や言葉が違うし、物理的にも４００キロの距離がある。「心の花」の屋良くん、モニカさんと夕食。モニカさんの新沖縄文学賞の受賞をお祝いして乾杯。ワインをしたたか飲む。歌集を出すタイミングの話などで盛り上がった。

のアーバン（都築響一さんの店）から四周年の葉書が来ていたことを思い出し、顔を出す。いつ行ってもディープな役者ぞろいで、最後にはヘタな芝居よりもおもしろい展開になる、奇跡のようなスナックだ。

七月某日

直行便で急いで帰ってきたものの、息子は由利子さんちから遊びにいったきりで、会えたのは夜の七時。今日は友だちの誕生会があるとのこと。「まちさんも夕飯一緒に食べていけばいいさー」と言われ、私までごちそうになる。オリオンビールから泡盛へ。島に帰ってきたなあという気がする。息子たち、昼間はトラックの荷台に乗って、ヤギの餌さがしを手伝ったとか。「いい草があったら合図して車をとめて、みんなで刈り取るんだよ！」。

七月六日

サラダ記念日なので、ツイッターでちょっと遊ぶ。「茂木健一郎さんのマネをして連続ツイート」と宣言すると、さっそく茂木さんが「じぇじぇ！」と反応してくれた。名桜大学の学生さんから「なぜ七月六日がサラダ記念日なんですか？」と質問されたことに始まり、七月六日にいたるあれこれをツイート。２０００以上リツイートされたり、トゥギャッて（まとめて）くれる人が現れたりで、盛り上がる。現在の私のフォロワー（つぶやきを読むために登録している人）は九万四千人あまり。その中には、私の歌集やエッセイ集を一生読まない人もかなりいるはずだ。でも、多少は興味を持っている。そういう人にまで言葉を届けられるツイッターというシステムを、自分は大事にしたい。日曜日なので、近所の子どもたちが次々やってきて最終的には九人に。夕方からは、またしてもご近所飲み。つまみやおかずを持ち寄って、海を見ながらビール。泡盛。週のうち半分は、こんな感じ。八時近くまで明るいので、子どもたちはさっと食べて、どっぷり遊ぶ。

七月某日

絵本『かえるの竹取物語』文字校正。竹取物語のリライトを担当した。斎藤隆夫さんの絵が素晴らしくて、仕上がりが楽しみだ。子ども向け竹取物語の決定版になる予感がする。「おひさま」という雑誌でも昔話の再話を連載しているが、非常に楽しい。お話を作るのは苦手だけど、ストーリーさえあれば、それを魅力的な言葉で伝える作業は、なんというか自分に向いていると感じる。

七月某日

和田誠さんの装画がメールで届く。カラーの描きおろしが五枚も！　タイトル文字は手書き！　背表紙と扉には線画が！　編集者もいささか興奮気味。

七月某日

今月は、地域で一番大きな祭り「豊年祭」

がある。そこで石垣喜幸がライブをするのだが、息子と、息子の同級生も加えてもらうことになった。その練習をウチで。息子はカホンというパーカッション、同級生はバイオリン。「子どもは飲み込みが早いなあ」と喜幸がにっこり。下の階に住む二十代の青年、よいっちゃんを呼んできて聴いてもらう。即席のプチライブ。息子も同級生も、プロとセッションできるのだから幸せだ。終わって、マンションの屋上でビール。ここから見る海と空の大きさ！

七月某日

階下のよいっちゃんと奥さんのユウちゃんが、つまみを持ってやってきた。島豆腐と菜っ葉の煮物、ラフテー、たたききゅうり、炊き込みご飯など。吉田類さんから届いた土佐の銘酒をあける。類さんとの縁を書くと長くなるが、まあこれも、ミーハーから友人のパターン。

七月某日

子ども会の行事で刺し網漁。満ち潮の時に沖合に網をしかけ、潮がひいたら逃げ遅れた魚を捕まえる。なかなかの大漁。近所のお父さんたち、モリで突いてしとめたり、その場でさばいて心臓を取り出して見せてくれたり、みなさん魚に慣れている。夜はもちろん公民館で、ぶがりのーし。婦人部が集まって、今日の獲物を、刺身や唐揚げや魚のスープに。大人も子どももモリモリいただく。当然、泡盛がすすむ。

七月某日

八月はじめの「南の島の星まつり」。今年は星空をテーマにした短歌の募集があった。その選歌。石垣島天文台所長の宮地竹史さんの企画だ。宮地さんが「心の花」の会員であるというご縁もあり、選考委員を務めることになった。石垣では、88星座のうち84星座が見られる。初めて肉眼で天の川を見たのもこの島だ。

七月某日

今日から夏休み。息子が「夏休み、おめでとう!」と言いながら起きてきた。メリークリスマス!的な感じか。

七月某日

豊年祭。つかさという巫女のような役目をする女性が、村の御嶽で拝む。去年に続き、私は司会。子どもたちの旗頭奉納にはじまり、あとは歌舞音曲が次次と。松村由利子さんは、座開きの「バシヌトゥリ節」の重要な踊り手だ。練習を重ねた「喜幸と小さな仲間たち」のライブも大成功。息子にカホンを貸してくれたドラマーのKさんが、わざわざ見に来てくれた。祭りが終われば、ぶがりのーし。同じ演目を踊った人たちが、絆を深めていることを感じる。これも祭りの効用だろう。そのまま息子の友だちがウチに泊まりにきた。

七月某日

中日（東京）新聞に「原発再稼働を問う」として詩人歌人が作品を寄せた。一面に紹介が載り、なかほどの面で見開きカラーという大型企画だ。私は「海辺のキャンプ」四首で参加した。こういう企画も、かつての自分だったら躊躇していたかもしれない。福島出身の三原由起子さんが、二首目『「おかたづけちゃんとしてから次のことしましょう」という先生の声』に特に共感したと、フェイスブックに書きこんでくれた。

七月某日

同級生一家が滝壺に行くというので、息子も連れていってもらう。その後、別の友だちの家で晩ごはんを食べ、さらに別の友だちの家にお泊り。夏休み満喫だな！　私は、やや手持ちぶさたな夜。

八月某日

甥っ子のリンタロウが、石垣島に遊びにくる。横浜在住の小学四年生。いとこ同士、小五の息子の、よき相棒だ。まずは海に直行。浜辺から二、三メートルの浅瀬でも、顔をつければカラフルな魚たちが見られる。宿題の工作のためのサンゴや貝殻を拾い、しあげは近くの滝壺へ。ここでほてった体を冷やし、潮を落とすのが石垣流。

帰宅すると、いつのまに拾ったのか、工作とは関係ないものがヤツらのポケットやカバンから続々出てくる。今日はヤドカリを洗濯してしまうところだった。あぶない、あぶない。小学生男子というのは本当にナゾの生き物だ。棒があれば、とりあえず拾う。そして振り回す。危ないことが大好きで、ひやひやするし、つい怒鳴ってしまうこともしばしば。最近読んだ『#アホ男子母死亡かるた』（#アホ男子母死亡かるた書籍化プロジェクト@ahodanshi88・アスペクト）は、まさに目の前にいる二人のことを活写したかのようで、「おお！ウチだけでなかった」と励まされる一冊だ。「落ちてるものはとりあえず拾う」「靴から無限に砂が出る。」「日曜だけ頼んでいないのに早起き」「持ってけと言った物がここにある。」「ムリな高さから飛んでみる」などなど。ツイッターから生まれた、母たちの「息子あるある」への共感の渦。なんだか「息子のアホ自慢大会」のようでもあり、トホホーと言いつつ、そこには愛情がたっぷりだ。

八月某日

宮崎県日向市で「牧水・短歌甲子園」の審査員。全国の高校生が三人一組のチームで、短歌を競い合う。毎年楽しみに参加しているが、初めて「俵先生の所属する『心の花』という短歌の会の先輩には、白蓮もいました」と紹介された。そして会場がちゃんと「おおー！」と反応したことに、驚く。朝ドラ効果、おそるべし。『踏絵』復刻本（柳原白蓮・ながらみ書房）のほうも、突然、売れはじめたそうだ。版元は、短歌の総合誌や歌集を手がける、小規模ながらも良心的かつ先鋭的な出版社。竹久夢二による瀟洒な装丁の初版本を、復刻したのは二〇〇八年のこと。ドラマ「花子とアン」からの反響で再版された二千部が二週間でなくなり、三千部の三刷りとなったと聞く。『踏絵』のなかで私が好きな一首は、これ。「幾億の生命(いのち)の末に生れたる二つの心そと並びけり」。人が誰かと出会うとは、こういうことなのだ。読むたびにしーんとした気持ちにさせられる。何億もの命のリレーの後に、いま自分という命がここにある。同じように、何億もの命の末端にいる誰か。その二つが、奇跡的な確率で、そっと並ぶこと、それが出会い。気の遠くなるような偶然が、何気なく起きているのが人生なのだ。「そと」並んだまま、終わってしまう人も多い。だからこそ「そと」に自覚的でありたいと思うし、偶然を必然に変える意志がなくては、出会いは無駄になってしまう。こういう歌を詠む人だからこそ、宮崎龍介との運命の出会いを、自分のものにできたのだろう。ちなみに『踏絵』の序文を書いている佐佐木信綱の孫にあたるのが、『サラダ記念日』の跋文を書いてくださった佐佐木幸綱先生だ。

八月某日

宮崎日日新聞の文化部記者中川美香さんとは、取材を通じて知り合ったが、子どもが同い年ということで、なにかと意気投合。石垣へ帰る飛行機のなか、彼女の著書『ハロー!!ベイビーズ　双子育児で見えたもの』（中川美香・宮日文化情報センター）を、むさぼり読む。双子ならではの大変さや特別な事情もあるが、現代の出産・育児が抱える本質的な課題が、体験と取材を通して鮮やかに描かれている。何よりも大切なのは、人と人とのつながりだ。双子が一歳十か月から四歳になるまでのあいだ、現在進行形で新聞に連載されたコラム。著者自身が人と出会うなかで強くたくましく成長し、母親たちが抱える悩みを、社会の問題として提起するまでになるドキュメンタリーともなっている。

エイサーを踊る少年。

やや長い失恋の話

高校二年生のとき、失恋をした。一学年上の先輩で、とてもカッコイイ人だった。見た目は、元チェッカーズの藤井フミヤさん。生徒会活動のときに「何度も目があったから」という理由で「つきあって」と言われたのが始まりだったけれど、それは私がずっと目で追いかけていたからだと思う。

素敵だなと思っていた人から交際を申し込まれたのだから、それはもう舞い上がった。毎日一緒に下校していたが、緊張しすぎて、うまく話せず、そのぶんをとりかえそうと手紙を書いたりした。

かなりウザかっただろう。修学旅行に行っているあいだに、彼に猛アタックした女子がいて、あっさり私はフラれた。「ごめん。今でも好きだけど、一番じゃなくなった」とかなんとか言われて。

今思うと、とりたてて可愛くもない私に、目があったというだけで、なぜ彼のようなモテ男が声をかけてきたのだろう。母の見立ては、こうだ。「そりゃ、あなたが成績抜群だったから、興味を持ったのよ。あの頃は、かわいそうすぎて言えなかったけどね」。通っていたのは、福井県一の進学校で、卒業生にはノーベル賞受賞者までいる。勉強が大好きだった私は、確かに彼と出会うまで、学年でトップクラスの成績をキープしていた。

勉強は、努力すれば結果が出る。点数は、目に見える。まことにわかりやすいものさしだ。恋に不慣れな私は、「一番好きな存在じゃなくなったのなら、努力して、もう一度一番になろう」と考えた。アホである。校則で禁止されているパーマをかけてみたり、自分のどこがいけなかったかを振り返って彼に手紙を書いてみたり。もちろん、すべては空回り。演劇部の仲間、特に男子たちが親身になって、心配もし、励ましもし、バカやるのにも付き合ってくれたことを思い出す。彼らとは、今でも親友だ。

きれいに言えば「人生で初めて、数字では計れない、点数では表せない、まったく違うものさしがあることを知った」ということになるのだろう。だが、当時の私は、とてもそんなふうに気持ちをまとめきれなかった。ひたすら落ちこみ、ひたすら悲しみ、体調も悪くなり、特に肩から背中にかけての凝りようはひどく、ああ、心と体は繋がっているんだなあと思ったりした。毎日日記のようなものだけを書いていたが、今日何があったという内容ではなく、今日の心はこうだという観察日誌のようなものである。

当然、勉強にも身が入らない。成績は、どんどん下がる。そのことも、何かひとごとのように眺めていた。高校三年生になっても、状況は変わらないまま。受験勉強なんて、まったくする気がしない。率直にそう両親に伝えると、母がまずこう言った。

「あなたは、頭がいいから成績がいいというタイプじゃないって、ずっと思ってた。実力じゃなくて、努力でもってるタイプ。だからその努力をしなくなれば、当然の結果よね。このままいったら東大に入っちゃうんじゃないかって思ったこともあったけど、よけいな心配して損したわー。でも、どこか大学には行ったほうがいいんじゃない?」。

母は、女性も一生できる仕事を持ったほうがいいという考えで、私には教員免許をとることを勧めていた。それを受けて父が言う。

「アメリカの大学はどうだ? 試験なしで入れるぞ。これからは英語もできたほうがいいしな」。

その後、父はほんとうに資料を取り寄せて、なんなら面倒を見てくれるという知人がいる、というところまで話を進める始末。

さすがにアメリカに行く勇気はなく、現実を見つめた結果、失恋前までの輝かしい成績を利用して、推薦入学で進学するということに落ち着いた。筆記試験も面接も作文もない、ただ手をあげるだけの指定校推薦というやつである。けれど実は、高三の夏休みに、私は某国立大学の医学部に進学した彼を訪ねている。そして同じ大学に行ってもいいかと聞いた。「あなたが来たいなら来ればいいけど、その理由がオレがいるからっていうんじゃだめだと思う」とまあ、当然すぎる返事をもらい、それでも相当うじうじして、結局恋に希望はないとあきらめたのだった。

それにしても父や母が、成績大暴落の娘に対して、がっかりしたり、励ましたりせず、あるがままを受け入れてくれたのは、ありがたいことだ。その頃は、両親の寛大さに気づく余裕もなかったが、勉強面でヘンに追いつめられることなく、失恋だけにどっぷりつかることができたわけである。

「Kのこと」と題したぶ厚い失恋日記のようなものを尊敬する演劇部の先生に、言われてもないのに提出した。読むだけでも大変だったと思うのだが、先生は丁寧な感想を添えて返してくださった。

「演劇部の男子たちからも、いろいろ聞いていたので、いきさつは承知しています。ひとつ、驚きもし、ほめたいと思ったのは、これだけ長いもののなかに、一度たりとも、ひとことたりとも、相手を悪くいう言葉が見当たらなかったこと。それはあなたの、とてもすばらしい資質と言っていいでしょう」。

そのときは、こんなに大好きでこんなに素敵なKのことを悪くいうなんてありえない、先生、なに言ってるのと思った。が、確かにそれは、私の性分のあらわれかもしれないと、今ならわかる。人のいいところを見つけるのが得意で、悪いところを見つけるのは苦手。好きになるのが得意といえば聞こえはいいが、要するに惚れっぽい。

その後進学した大学で、たまたま講義をしていた歌人の佐佐木幸綱先生に出会い、私は短歌を作りはじめた。卒業後は、高校の教師になり、作りつづけた短歌で雑誌の新人賞をもらい、それを読んだ出版社の人が歌集を出してくれた。『サラダ記念日』(河出書房新社、一九八七)というその歌集はベストセラーになり、おかげで今は短歌関係や文筆の仕事で暮らせている。風が吹けば桶屋が儲かるではないが、もとをただせば、高校時代の失恋のおかげだ。

新人賞をもらった作品は「八月の朝」という五十首の一連だった。その前年に「野球ゲーム」という作品で次席（二位）だったことは、短歌の世界では割とよく知られている。「野球ゲーム」の中にあった「カンチューハイ」の歌は、これでもかというくらい引用された。そして実はあまり知られていないのだが、「野球ゲーム」の前年に「〇〇日誌」という一連で、私は予選を通過している。〇〇に入るのは、Kの名前である。六年前の失恋で、五十首の短歌を詠むことができたわけで、どんだけ引きずってるんだ私！とも思う。予選を通過しただけでは活字にならないし、手元にコピーも残っていないので、どんな短歌だったのか、今となってはわからない。けれどタイトルと作者名は雑誌に掲載される。ものすごく興奮したことを覚えている。そして、表現をする者として、ある手ごたえを感じた。

人生のどんなマイナスに見えるできごとでも、作品になればプラスに転じるのだ。悲しいことがあれば悲しい歌が一首、つらいことがあればつらい歌が一首、生まれるのである。そして歌が生まれることじたいは、大きな喜びだ。表現とは、なんとお得なシステムであろうか。

悲しいときは、じっくり悲しむ。寂しいときは、とことん寂しむ。以来、それが自分の心との向き合いかたとして定着した。

時間薬とか日にち薬という言葉があるが、あれは、単に時がたてば悲しみが薄れるということではないような気がする。なんというか悲しみの大きさに応じて、悲しまねばならない時間の量というものがあり、途中目をそらしたり、心をごまかしたりしているぶんはカウントされないのではないだろうか。ずいぶん時間がかかったが、最初の失恋にじっくり向き合い、短歌五十首にしたあたりで、ようやく私は悲しむべき時間を消化できたのではないかなと思う。

とはいえ最後に、余談をひとつ。あるとき、友人の岡部まりさんに誘われて、藤井フミヤさんのコンサートに出かけたことがあった。

ナマで見るフミヤさんは、言葉を失うほど素敵だったが、同時に「やっぱり似てる！」と思った。すでに私は三十代だったが、高校時代の彼のことが、まざまざとよみがえり、心のあちこちがチクチクした。

「まりちゃん、書くもの持ってる？」。暗がりのなかでペンを借り、私はチケットの裏にメモをした。「あのときは、びっくりしたわ！」と今でも笑われるのだが、ひらめいた一首を、どうしても書きとめておきたかったのだ。

初恋の人に似ているミュージシャンかさぶたをまだ残したままのあのコンサートから、さらに十年以上がたった。かさぶたの下の皮膚は再生しただろうか。

虫と鳥の歌

縁あって三年ほど前から、沖縄の石垣島に住んでいる。このたび八年ぶりに歌集を出版したのだが、「まさか自分が、こんなに鳥や虫の短歌を詠むことになろうとは」と、作品をまとめながら感慨を新たにした。数から言えば、歌集の中心は子どもの歌（＋恋の歌）だが、虫や鳥の歌は、これまでになかったタイプのものである。

短歌をつくるはじめの一歩は、日常のなかでの「心の揺れ」だ。なにかしら「あっ」と思うことがあったら、そこで心を立ち止まらせ、その「あっ」を三十一文字の網でつかまえるべく、言葉探しの旅に出る。

石垣に来るまで、私の日常には、虫も鳥もいなかった。自然を詠むといえば、大好きな海と花が圧倒的に多かった。が、今の住まいは、「昆虫客のたくさんいるマンションです」と、管理会社がわざわざ貼紙をするほど、虫が多い。ホタルのように和むものから、刺されて腕が腫れ上がるような毒を持つものまで。もちろん網戸はあるのだが、家の中のどこかで繁殖しているとしか思えない種類のものもたくさんいる。そんな暮らしのなかで生まれた虫や鳥の歌は、逆に自分の日常にそれらが自然に入りこんでいたのだなあと気づかせてくれる。

虫ではないが、ヤモリはその筆頭だろう。しょっちゅう鳴き声を聞くし、姿も目にする。初めて卵を発見したときには、ビービー弾かと思った。

　ブローチのようにヤモリの留まりいてまたかと思うだけの八月

はじめは、いちいち驚いていたけれど、着ようと思ったワンピースにヤモリが留まっていても「あら、こんなところに」ぐらいしか思わなくなった。驚きもしない自分に、はっと驚いて歌が生まれた。部屋の隅で、蛾をつかまえて食べているのを見ても「お、食事中か。がんばって虫捕れよ」と声をかけて、終り。そう、ヤモリは虫を捕食してくれるありがたい存在でもあるのだ。「家守り」である。

　島に来てひと月たてば男の子アカショウビンの声聞きわける

私以上に、鳥や虫に馴染むのが早かったのは、小学生の息子だ。鳴き声だけで、何種類もの鳥を聞き分ける。アカショウビンは渡り鳥で、毎年五月ごろにやってきて、ヒョロロロロ……という、尻すぼみの独特の鳴き声を聞かせてくれる。ああ、夏ももうそこに来ているなと感じさせる鳴き声だ。

子は眠るカンムリワシを見たことを今日一日の勲章として

特別天然記念物にして絶滅危惧種のカンムリワシだが、その勇壮な姿を、島ではしばしば目にすることができる。子どもたちは、カンムリワシを見るといいことがあると信じていて、そういう素朴な感覚を息子が持ってくれることも、私には嬉しい。

クワガタを探しにゆけりパイナップル畑のパインの中のクワガタ

近所の人から「クワガタ捕りに行こう」と誘われた息子と私は、パイナップル畑に連れていかれて、きょとんとした。なんと、収穫し残された熟れたパイナップルの中に、クワガタが住んでいるのだ。それを探す。仕掛けもなにもいらないので簡単ではあるが、パイナップルの葉が硬くてちくちくする。熟れた実は、じゅくじゅく。炎天下、甘い汁に手をべたつかせながらの作業は、けっこう大変ではあった。

夜なべして蜘蛛が編みたる巣を払うことうまくなる朝の日課に

南国の蜘蛛は手際がいいのか、巣を払っても一日たつと、もう立派な巣をつくりあげている。「まったく!」とぶつくさ言いながら払うのだが、一晩かけて、これを作ったんだよなあと思ったとき、ちょっと同情の気持ちが湧いてしまった。しかし、こちらも蜘蛛に負けず、手際を上達させている。

わざわざな素材ではなく、日常の一員としての虫や鳥。この島が詠ませてくれる自然な自然詠を、これからも楽しみながら作っていきたいなと思う。

写真　俵万智

あとがき　〜近況と初出をかねて〜

沖縄の石垣島に、息子と移住して三年あまり。旅の人というにはやや長く、島の人というにはまだ短い時間が流れた。その間に書きためたものをまとめ『旅の人、島の人』とした。

住んでみて初めてわかること、慣れてないからこそ驚けること。旅人でも島人でもない宙ぶらりんだから見えるものを、楽しみながら綴ってきた。

「私、運転できません」は、二〇一二年の一月から六月まで、日本経済新聞「日経プロムナード」に連載したもの。

最終回で「石垣のモヤシはなぜ高いのか」というナゾを残したまま終わってしまった。ほとんどの地元野菜が手ごろな値段なのに、モヤシだけは一袋一〇〇円前後と、割高だ。けれど、私はしょっちゅう買っている。太くてつるつるしていて、とてもおいしい。この「つるつる」がポイントで、よく見るとヒゲ根がみごとにない。あまりの美しさに「なにか根を溶かすような薬品に漬けているんじゃないか」と訝しく思うほど。それを言ったら、地域のご婦人たちに大笑いされた。答えは「おばあのアルバイトだよ」とのこと。美しいモヤシは、おばあの手によって生み出されているのだった。それを聞いてから注意して見てみると、公設市場などの店先で、せっせとヒゲ根をとっているおばあが確かにいる。けっこういる。

ちなみに、あいかわらず車の運転はできないが、この春に電動アシスト付の自転車を買った。なぜもっと早く気づかなかったんだろう。公民館や小学校までは、自力で行けるようになり、立ちどまって写真を撮ることも多い。

「ちゅうくらいの言葉」は、東京・中日新聞に二〇一三年十二月まで「木馬の時間」として連載していたもののうち、最終回に至るまでの八編。

恥ずかしながら、ここでひとつ、お詫びと訂正がある。息子が言った「八方美人」についての「どこから見ても美人」という解釈だが、エッセイが掲載されるや仙台の母から電話があった。「辞書をひいてみなさい。笑ってる場合じゃないわよ」。なんと「①どの点から見ても欠点のない美人」とある。②が「誰に対しても如才なくふるまう人を、軽んじていう語」。私は②しか知らず、息子のほうが原義に迫っているのだった。
とはいえ、小五になった今も、「胃の中の蛙だと思ってたよ」と言ったりする息子。「なんかもう大変な感じかなって！」。「顔に泥を塗る」の意味は「びょう」と答えていたし、まだまだ気は抜けない。

「旅の人、島の人」は、雑誌「嗜み」の2013年春号から2014年冬号まで連載した「石垣島だより」を改題した。

「読書日記から」は、「週刊現代」の「リレー読書日記」のコーナーに連載していたものから、今の暮らしに関わるものを、ピックアップ。そして最後に、JTA機内誌「コーラルウェイ」2014年若夏号に書いたインタビュー記事「歌なら持って帰るでしょ」を収めた。

全体をあらためて読み返すと、島に来たばかりのころが、すでに懐かしい。「住む」というのは、一日一日を重ねていくことに他ならないのだなあと思う。今ではずいぶん、生き物にもなじんだ。たまに都会のホテルに泊まったりすると、虫が一匹もいないことが、不思議に感じられてしまう。

息子にいたっては「夏休みは、海よりもプールに行きたい」などと言う。海よりもプールのほうが特別、と感じてしまうほど、海が身近にあるのだ。この幸せ者めが！と思う。

旅人の感覚が薄れるのは速く、ほんとうの島人の感覚に近づくには、長い長い年月がかかるだろう。息子の好きなプールでたとえるなら、この本は、ざぶーんと飛びこんだばかりの新鮮な時期。まとめることを勧めてくれたハモニカブックスのシミズヒトシさんに感謝したい。

章の間にある写真は、折に触れて撮ってきたもの。特に家の前の海と空は、表情の変化が素晴らしく、定点観測のようにシャッターを押してしまった。同時に心のシャッターを押せば、そこからは短歌が生まれる。

旅人の目のあるうちに見ておかん朝ごと変わる海の青あお

夕焼けと青空せめぎあう時をアコークローと呼ぶ島のひと

むらさきに染まる雲あり「紫陽花」はこんな空から生まれた漢字

装丁は和田誠さんが手がけてくださった。「話の特集」という雑誌でインタビューを受け、表紙に描いていただいたのが二十六年前。毎月のように句会でご一緒していた時期もあるし、さまざまなご縁があったというのに、ブックデザインでお世話になるのは、これが初めてだ。海と空、カンムリワシ、マンゴーとパパイヤ、そしてオリオンビール……。私の大好きな島のものたちを描いていただき、ほんとうに贅沢で幸せな一冊になりました。

二〇一四年　夏

俵万智

増補版あとがき

ゆるゆるの時間たのしむ島に来て三年ぶんのおしゃべりをする

先日、久しぶりに石垣島を訪れた。変わらない風景、懐かしい人たち。ゆるゆるの島時間に身を浸していると、ここで息子と暮らした五年間は、たしかに今の自分の一部になっているなあと感じる。

いっぽうで「島の人」よりは「旅の人」に近いポジションにいることもまた現実だ。だからこそ、本書に収められたエッセイの一つ一つが愛おしい。

二〇一一年の震災後、縁あって石垣島に滞在し、そのまま住みついてしまった。小学生男子には天国のような島だった。その後、息子の進学のため二〇一六年の春に島を離れた。二〇一四年に本書を出版した時には入れられなかったものを収録して、今回の増補版とする。「増刷のタイミングで、ぜひ」と新たなエッセイの収録をすすめてくれた編集者シミズさんの心意気に感謝したい。それぞれの初出は以下の通りです。

沖縄文化に触れる三冊　「毎日新聞」（二〇一三年七月一四日）
ある夏の石垣日記　「心の花」並びに「新刊展望」（二〇一四年一〇月）
やや長い失恋の話　「児童心理」（二〇一五年二月）
虫と鳥の歌　「いろは」（二〇一四年五月）

子どもらが指染めながら食べていた桑の実の道はればれ続く

俵　万智

二〇二三年　秋

俵万智（たわらまち）
一九六二年大阪生まれ。第一歌集『サラダ記念日』はベストセラー。歌集に『チョコレート革命』『プーさんの鼻』『オレがマリオ』『未来のサイズ』『アボカドの種』など。ほかの著書に『牧水の恋』『青の国、うたの国』など。

旅の人、島の人　増補版

二〇一四年八月一九日　初版発行
二〇二三年一二月三一日　増補版発行

著　者　俵万智
発行者　シミズヒトシ
発行所　ハモニカブックス
東京都新宿区高田馬場二―一一―三
〒169―0075
電　話　〇三―六二七三―八三九九
FAX　〇三―五二九一―七七六〇

印刷製本　株式会社エーヴィスシステムズ
組　版　株式会社アイエムプランニング